我不怕迷茫彷徨，只怕虚度这好时光

许政芳 著

中国华侨出版社

图书在版编目（CIP）数据

我不怕迷茫彷徨，只怕虚度这好时光 / 许政芳著. -- 北京：中国华侨出版社，2016.4
ISBN 978-7-5113-6042-7

Ⅰ.①我… Ⅱ.①许… Ⅲ.①散文集－中国－当代 Ⅳ.①I267

中国版本图书馆CIP数据核字(2016)第080337号

• **我不怕迷茫彷徨，只怕虚度这好时光**

著　　者 / 许政芳
选题策划 / 马剑涛
责任编辑 / 嘉　嘉
责任校对 / 孙　丽
装帧设计 / 荆棘设计
经　　销 / 新华书店
开　　本 / 880毫米×1230毫米　　1/32　　印张 / 8.5　　字数 / 220千字
印　　刷 / 北京天宇万达印刷有限公司
版　　次 / 2016年11月第1版　　2016年11月第1次印刷
书　　号 / ISBN 978-7-5113-6042-7
定　　价 / 35.00元

中国华侨出版社　北京市朝阳区静安里26号通成达大厦3层　邮　编：100028
法律顾问：陈鹰律师事务所
编辑部：（010）64443056　　传真：（010）64439708
发行部：（010）64443051
网　址：www.oveaschin.com
E-mail：oveaschin@sina.com

自序

几乎所有的梦境都发生在青春,几乎所有的诗歌语境也都是关于青春的,青春似乎早已成了我的母语。而它有个主题歌叫——迷茫,无论你正走在青春的路上,还是已经走过青春之路,对于那一段时光,总是会有很多的不解和疑惑。

十五年前,我第一次出差,从石家庄到潍坊,夜里十点火车出发。在将近八个小时的时间里,我周围的人都陆续入睡,从开始的轻微均匀的呼吸到鼾声四起,并没有人在意火车外面的景色和发生的事情。只有我坐在卧铺走廊的小凳子上,脸贴着玻璃窗,看火车穿过黑暗到达一个个车站后的光明,听站台上的叫卖声。

并非执意不肯睡去,只是实在睡不着。心里勾勒着我将要到达的那个城市的模样,那里的风土人情,那里的高楼和原野;也回想着我工作的城市的一切。我并不确定几年之后,甚至一年之后我究竟会在哪里,会做些什么、想些什么。还有,我睡不着的另一个原因是我想知道沿途经过了哪些城市,想借着站台上呼喊的地方特产了解一下那个城市,以便日后与人谈论起来,至少可以说"我曾经路过德州,那里光'德州扒鸡'就有好多品牌"之类的话,仿佛自己是个见多识广的人。

后来,出差的机会多了,年龄也有些大了,赶上夜里的火车一心一念只想周围的铺上都是能够安静入睡不打呼噜的人。再想起过去一整晚不睡,只为能看看"德州扒鸡"的自己,就笑不打一处来。但笑过之后,又常常问自己"那时候的自己不好吗",回答不出,便觉得空落。那时虽然混沌,但心里是满满的,甚至会觉得整个世界都在打呼噜,只有自己是清醒的,是实打实的众人皆醉我独醒的豪迈。

所以,就又想把自己过去的事情拿出来梳理一下。因为这些事情或多或少都有我自己的切身感受,有过去青春斑驳的影子,所以写起来就会更用心一些,表情状物也就更精确一点。这是我一直努力的方向,否则就好像一条鱼不开膛不清洗就上了桌,让客人花了钱却吃了一嘴恶心。我努力将鱼鳞、鱼鳃、鱼下水都清理干净,尽量不留鱼刺,希望不要让读到的人不至于如鲠在喉。

当然,即便如此我仍旧不能保证这是一本什么什么样的书。实际上,这也的确没法说是一本什么什么样的书,不过是过往和现在经历的一些事情以及自己个人的一些感受。读过了,若是能有些感触,比如苦涩后的回味、焦灼后的会心,或者冥思后的放松……我千恩万谢;若是没有,就当一个普通朋友跟您耳朵根子底下唠叨了一阵子。毕竟,每个人的青春路并不相同。总之,不至于让大家太过失望或者愤懑就好。

目录

第一章　你和世界并不都是你想象的那样 / 001

回笼觉 / 002

我到底不是自己人 / 005

我和李小丽 / 010

一只小狗引发的战争 / 016

大世面 / 022

愿这个世界表里如一 / 028

第二章　所谓青春，便是做让心欢喜的事情 / 033

小妖 / 034

联谊会风波 / 039

让人生像随笔一样 / 044

没多少人注意你，不用活得那么别扭 / 049

青春的爱丽丝　/ 053

与其苟延残喘，不如纵情燃烧　/ 058

虚度的光阴　/ 063

第三章　那时，我们不怕相爱　/ 067

和平分手　/ 068

孤独一生，不负我卿　/ 073

如果旧爱可以修复　/ 079

一碗热干面　/ 084

几个关于爱情的关键词　/ 089

第四章　感谢自己爱上孤独　/ 095

谁懂谁的心　/ 096

你的孤独恰似一片风景　/ 100

想笑不能笑，想哭不能哭　/ 106

我这样说，你明白了吗　/ 110

你知我不知　/ 116

同学会　/ 120

第五章　活不厌世，死不弃志 / 125

456乐队 / 126

一句好话与一份坚持 / 131

如果你是条船，可别靠岸 / 135

不够好，是因为你不愿意做更高级的事 / 143

我的先生，一个初中毕业生的IT路 / 147

你或许没有看起来那么努力 / 156

第六章　乐是风景，痛是人生 / 161

除了高档餐厅也得吃吃路边摊 / 162

我们只是又回到了人间 / 165

母亲的白内障 / 171

孩子，妈能给你的只能这样 / 176

旧家具 / 181

第七章　我们终要努力长大 / 185

素年锦时 / 186

纵使青春如流水 / 190

梧桐叶未落 / 196

热爱骑行的兄弟们 / 201

只因太年轻 / 206

一饮一啄一岁月 / 211

来点"负能量" / 220

第八章 时光且长 / 225

十指尖如笋 / 230

你想要的不是青海湖,而是生活 / 235

亲爱的朋友圈 / 239

生活不要太用力 / 243

生在今天,挺好的 / 249

竟然 / 253

时光且长 / 257

第一章

你和世界并不都是你想象的那样

彷徨多年，你突然茅塞顿开，大喊："我不过是想要一个能读懂我沉默的人。"可事实上，你需要的只是一副可以依靠的肩膀。人总是像佛陀一样开导别人，却像白痴一样祸害自己。最终，你不得不承认，你和这个世界并不都是你想象的那样。

回笼觉

看一档电视节目，一位六十多岁的老妇控诉自己儿子儿媳懒惰，说自己已经做好了早饭，叫两人来吃，结果两人只应了一声竟然接着又睡了一个"二来来"。所谓"二来来"其实是山东的方言，意思是再来一次。这位老妇人将其用在这里是说两人又睡了个"回笼觉"。

这回笼觉何以如此诱人，竟让人置老人的辛苦和美味的早餐于不顾？大略只有睡过的人才知道。在民间，也有形容回笼觉之美的俗语，叫作"四大香"，即：开江鱼、下蛋鸡、回笼觉、三房妻。也有叫"四大金不换"的，即：回笼觉、未婚妻、羊肉饺子、清炖鸡。科学与道德暂且不论，回笼觉能够跻身进来，想必切身的感受是美的。

我也睡过。我所理解的回笼觉之美大约在于一种失而复得的窃喜。仔细回想，有好些次，睡意正浓，闹铃突然猛叫，满心惊悸又忽地想起今天是周末，可以不必上班。于是，关掉闹铃，倒头继续。此时的心情真像是丢了金元宝又有人给送了回来，说不上要千恩万谢，但瞬时流淌进心里的美自然是不胜收的。

世间事，大抵也常常如此，不曾体会"失去"便无法憬悟"拥有"。好比夫妻，在一起时，只觉得自家的女人臊眉耷眼，肥壮如牛，斤斤计较，粗陋浅显。一旦分崩离析，才又发现少了女人的家变得锅清灶冷、满目狼藉、单调乏味。正当愁肠百结、悔不当初时，发现女人竟笑意盈盈地站在门口。于是，整个世界都跟着明朗了起来。

又比如房子。刚来北京时，租住在城乡接合处的自建房里，二层，四家租户连同房东在同一间屋子里做饭，有时候你做个西红柿炒鸡蛋也不免要呛得涕泪横流，原因是挨着你的那个锅里正在做酸辣土豆丝。房子里没有厕所，大家每天早晨到外面的公厕排队，不管你有多急，绝对不会有人让你先来。因为大家都急，每个人都只能感受到自己膀胱的不堪重负。所以，大家也都理解，从没有人埋怨。只是暗下决心：明天早点起。这样的环境，一旦搬离，也会觉得有很多怀念，时常想再回去住住。那里的居民也一样，早年开始说要拆迁时，几乎所有人都说："赶快拆吧，到时候我第一个去签合同。"可是，真到了拆的时候，很多人又千方百计地摄影留念，嘴里念念叨叨："唉，其实咱这地儿真不赖，眼瞅着要拆，心里怪难受的……"

我那时想，假若有人说这里不拆了，那些不等拆迁款的人一定会欢欣雀跃，觉得自己白捡了一套房子。

但要说到睡觉还是一气呵成、首尾贯通的才好，一口气睡饱，醒来后精神抖擞、如获新生，这才是睡觉的最高境界。而回笼觉却是破损的，常常是睡到即将圆满之时，闹铃大作，昏昏倒倒，猛然爬起，一晚上的安宁被扫得精光。即便再次躺下，也不见得能睡入佳境，不过是满足了一下心理罢了。从科学的角度讲，总归是减少了深度睡眠的时间。所以，能够睡个囫囵觉的人才是最幸福的。

可惜的是，人们往往并不知道自己拥有的这一份幸福，偏偏要等到被剥离才能醒悟，使得被吵醒然后回去再睡的那一觉显得更加难得。

很多事都是同样的道理，感觉上的幸福和真正的幸福往往并不一样。想一想，我们手里哪一样东西是绝对能够保证万无一失、永生不会失去的呢？为什么一定要等到失去过后才了解其宝贵呢？

我到底不是自己人

踏出大学校门走上工作岗位的那一年我二十二岁，是很多电影里演的那样拥有最美年华的时候。记得报到那天是七月底，阳光穿过白杨树浓茂的叶子，从高处洒了下来，掉在几朵正摇曳生姿的月季花上，到处都弥漫着一种美好的味道。我开始了对大好前途的各种憧憬，最首要的一条是工资。我打算发下工资后，先留下一部分等回家时上缴爹娘，剩下的一部分想要去买件新衣裳，吃顿饭，再剩下一部分留作生活费。

让我惊喜的是，工作半个月就发了整个月工资，据说这叫"上发工资制"。在财务室签完字，怀揣600大洋喜出望外，以前对工资的支配计划此时被兴奋冲击得荡然无存。还好，办公室有一帮老前辈，我刚踏进办公室的门，就有人笑嘻嘻地说："呦，小许，发工资了？"不等我回答，班长樱唇微启："瞎说什么？！别看人家刚来，小姑娘聪明着呢，知道怎么办！用你们说？！"

My God!

我一下子茅塞顿开，知道了我人生第一笔进账的第一条出路。中午饭狼吞虎咽、猛浪若奔，为的是挤出时间到水果摊上搬点心意。时值盛夏，最时髦也是最实惠的莫过于西瓜了。我让老板帮我挑了个最大最甜价钱最贵的西瓜，直径不亚于我的臀围，并以我当年不足90斤的羸弱之躯吭哧吭哧顶着下午一点半的火热的太阳运进了办公室。前辈们果然高风亮节，早早聚集了起来，不用我担心哪个师傅没吃上我的西瓜让我失落。班长第一个发言："怎么样？我就说人家小姑娘懂事，用得着你们说？你看这瓜买的，有水平……"

这话听起来倒不像是夸奖我，反而觉得她是在炫耀自己的慧眼识珠，如同她是一位伯乐，发现了我这匹上好的具有非凡潜力的小马驹一般。大家也都跟着附和，并积极主动地切了西瓜，在正式的工作开始之前顺利解决了西瓜，我自然也分了一块。当然，他们吃剩下的西瓜皮全部归我负责送到垃圾桶，而桌子上的西瓜汁则在我回来时被大家擦得干干净净，我为此感到莫大的欣慰——大家还是疼我的。

在最后坐定之前，大家又纷纷表示西瓜好吃，谢谢小许之类的话，我则立马回应："应该的，以后还得大家多照顾我呢。"然后，又获得一阵子嘈杂的"没问题""好说"之类的同党专用词汇。

此后，我觉得和大家的距离瞬间拉近了许多，偶尔也附和着他们的笑话，跟着大家天南海北地胡侃，还被邀请参加了两次婚宴和一次满月酒。我感觉自己全然不是外人，大家都拿我当亲妹妹一般。有几次跟爸妈打电话都忍不住说，放心，单位的人都可好呢，对我很照顾等。

但美梦总有苏醒的时候，我万万没有想到一切并非我想象的那样，归根结底我依旧是个外人。

那天是周六（当时每周工作六天），下午，人困马乏，无心工作。维修组的张哥到技术组闲聊，恰好听见隔壁的韩姐引吭高歌，他便顺手拿了我屋里的笤帚直冲了出去，我以为要发生点什么，紧跟其后，想不到他闯进去高喊："怎么了？谁打你了？"我们哈哈大笑。就这样，人越凑越多，班长回来后有人提议到小库房打麻将。（解释一下，我当年去的是个很古老的国有工厂，多干也不多拿钱，所以除了领导造访的短暂时间外，人们的工作状态多半都是自我娱乐。）

小库房是存放零配件的地方，大约十几平方米，一整面柜子用来存放零件，还有一张简易的办公桌，办公桌下面有个大大的纸箱，用来存放麻将以及其他乱七八糟的东西。他们打麻将时我就站在一边观看，从不上场，一来不怎么会，二来那么多前辈，我要是抢着上就显得有些不懂事儿了，"尊老"这事儿我还是知道的。虽然不上场，但我还是愿意和他们一起在小库房待着，以显示亲如一家。那天，我拿了毛衣来织，那是我生平织的第一件也是迄今为止唯一的一件，要送给当时男友、如今的先生。我正织得眼花缭乱，他们正打得不亦乐乎，突然门外有人提醒"主任来了"。我离窗户最近，发现主任此时已经到了楼下，以他的速度走上二楼的这个小库房，基本上就是半分钟。

我立刻高呼:"主任到楼下了!"大家一通手忙脚乱,麻将以及我的毛衣都被投进了大纸箱,大家迅速从小屋出来坐在一起做开会讨论状。我在心里窃喜,觉得自己又为这个组织立了大功一件,周身都是热乎乎的,更别说我那颗火热的心了。但遗憾的是,主任不瞎、不聋,也不傻,他是闻着风来的,他知道大家在里面有鬼。于是,将我们全部遣回,单独领了班长进入小库房。但一周的时间里却一直风平浪静,大家并没有因为打麻将的事情有什么不测。

我忍不住问班长的徒弟,就是嗓音洪亮、唱歌跑调的韩姐。韩姐在背地里恨透了师傅,因为师傅不传真本事给她。两个人明里暗里有些较量的意思,当我提起这件事儿时,韩姐瞥了我一眼说:"傻孩子,有替罪羊啊!"

"啊?谁呀?"

"谁呀?你呀!"

"我?"晴天霹雳,我以为我是被大家呵护的小苗,不想这瘦弱的肩膀还要帮大家遮风挡雨,撑起一片晴空。看来,我有些自作多情了。

韩姐讲述,当时她在门外,听得一清二楚。主任让班长交出东西,班长似乎犹豫了一下,随后将我的毛衣拿了出来,说:"您可别生气,别给人家拆了,小姑娘刚来,人家给男朋友织的,让我帮忙看看怎么弄……"主任没说什么,也没有找我,我偷偷把毛衣拿回宿舍，用若干个黑夜将剩余的部分织完，送与良人，换得此生幸福。

只是不成想，一个人想要加入一个集体并获取信任和保护并不是件容易的事。

我和李小丽

小学四年级时我就自认为已经脱去了稚嫩的外表和心灵，我很少和其他同学一起在课间十分钟里嬉笑打闹。大多数时间我都静静地坐在座位上发呆，或者站在操场上的某个安静的角落里，当然也是发呆。或许是因为这个原因，我一直都显得很胖，而身体素质也一直很差。

五年级时开始喜欢忧伤的课文，那时课外书很少，不外乎一两本《作文周刊》或是《小学生优秀作文》，但却总是对那些描写"我有个幸福的家""我的家乡山清水秀"的文章嗤之以鼻。于是，在全校举行朗诵比赛时，老师给我的参赛作品是《十里长街送总理》。

六年级时，李小丽和我分到了一个班。恰好就在那一年春节前的考试，我没能金榜题名，李小丽风光无限地取代了我们班级第一的位置。

于是，六年级后半年我担当的班长职务也只能拱手相让。那时，也是进行民主投票的，但可惜的是我那些可爱的同学们只关注谁考了第一，他们天真地以为只有考了第一才有资格成为一班之长。而老师对此并不十分干涉，似乎谁是班长都一样。

于是，我当了五年半的班长就此终结，没能创造小学六年皆为班长的神话，最终以学习委员的身份完成了我在小学的最后任职。而这个神话的终结者是李小丽，导致我对她心存不满。

原本就不屑与大家为伍的我更加的形影相吊、茕茕孑立。但与我完全相反的是李小丽，她眼睛特小，笑起来就眯成一条线；她很是开朗活泼，说话的时候像打机关枪，我时常见她和同学们说笑时两个嘴角挂满了白色的唾沫。她浑然不觉，同学们也浑然不觉，只有我时不时冷嘲热讽地对她说："李小丽，嘴角的唾沫都要流下来了。"她便笑呵呵地说："啊？"然后用衣服袖子两边各抹一下，接着继续她的演讲。

她有时候讲她在电视上看到的剧情，有时候讲她们村里发生的趣事，绘声绘色、眉飞色舞，同学们被吸引得如同蚂蚁爬进了蜂蜜里，一步也不舍得挪窝。我有时坐在一旁也忍不住听一听，有时也觉得好笑，但是我不表现出来，我必须得装作对她不屑一顾、满不在乎的样子，似乎只有这样才能显示出我这个前任班长对她这个"晚辈"尚存某种威严。

这种状况一直持续到我们升入中学。升入中学后，学生重新整合，我和李小丽被分到了两个班，各自为班长。各种考试排名中，我们也不相上下，此起彼伏。但我还是对她有些说不出来的别扭感觉，虽然一两周也说不上几句话，不知怎么的就是不会好好说。

我记得初二的某个中午，我正走在上学的路上，一个人。太阳很大，就在头顶，把我的影子照得很小，感觉每次抬脚都会踩到自己的头上。我正想着下午的物理考试会考些什么，这时李小丽骑着一辆二八的大自行车从后面撵了上来。很是和善地打招呼："怎么自己啊？"

我脑袋突显灵光，立刻骄傲地回答："狮子、老虎不都是一个人吗？"

没想到，她的脑袋更灵光，立刻回敬我说："蛤蟆、老鼠也不是成群结队……"然后二八大自行车的两个车轮驮着她并不算高大的身躯远去，留下我在后面踩影子。

那一年期终考试年级大排名，极具戏剧性的是我们两个人并列年级第二名，第一名被以往的一个并不是很突出的男生夺走。第一名没得到我也并不在意，我在意的是我没能压倒李小丽，这让我心里极其不爽。

初三的一年大家都忙着复习，准备中考，我和李小丽之间的隔阂也被彼此忽略了，偶尔见面说话也变得简洁起来，比如"来啦""下午你们班考物理吗"等和心情没有直接关系的语言。

时光飞逝，如白驹过隙，转眼之间，毕业季来临，整个校园铺天盖地充斥着离愁别绪。

在离校的最后一个多月里，毕业纪念册是最畅销的商品，各路明星也都是那个时候在大家的纪念册上认识的。纪念册上除了明星的照片外，还有我们自己的照片，彩色的少，大多是一寸黑白照。所以，在那一段时间，学校对面的照相馆生意也异常火爆，每个人手里没有十几二十张照片是不行的。因为纪念册几乎人手一本，同学情真意切地把纪念册放到你桌子上，忧忧地说："随便写几句吧，做个纪念，以后不知道要什么时候才能见面了。另外，希望你能把自己的照片也贴上。"

我也不能免俗，而且因为当了多年班长的缘故，同学们也很愿意给我写留言，我的纪念册还不得不多备了一本。事实证明，这是十分必要的，到毕业时两本纪念册都已经密密麻麻地写满了同学们亲密无间、纯真美好的友谊。我的纪念册和李小丽的纪念册也相互交叉落到了彼此手里，我先写了留言，留言的内容大致是：

生命里有太多的事情，注定得不到圆满，有人来就有人去，青春散场，带走的是欢笑，留下的是叹息……愿你以后的日子顺心如意，愿我们扑朔的友谊继续坚持。

李小丽也给我的纪念册留了言，不是短短几句话，而是字数不低于一篇作文的长长的叙述文,足足用了留言册的两页纸。这让我始料未及,我以为我和她之间除了竞争,再没有其他任何瓜葛。可事实上,在李小丽的心里却并非如此,她的留言太长,我没能完全记住,只记得大概的几句话,意思是从她顶替我做了班长之时,她就早已感受到我的不快。她说:

我多么想和你成为朋友啊,可你总是拒我于千里之外。我每次试着和你说话,你每次都回应我以犀利的言辞。大概这就是"神女有心,襄王无梦"吧。

哎,不管怎样,时光易逝,我们终将各奔东西。希望你以后开开心心,找到最最知心的朋友。

看完她的自白,我的心真是扑棱扑棱的,我知道是我太小家子气了,以至于错过了这样一位原本应该不错的朋友。除此,我的收获还有那句"神女有心,襄王无梦"。这句话我们并没有学过,不知道她从哪里进的"货",也让我对她更多了一层佩服。

但可惜的是,从初中毕业直到现在我都没再见过李小丽,听说她当年考了中专,选的是护士专业。如今是距离我们那里不远的一个比较富裕的镇医院的护士长了。而我当年走进高中,一路到现在。彼此再无交集,偶尔回家路过她所在医院的小镇,也未曾停下脚步与之叙叙旧，恐怕有些话一说出来就没了味道。不如就这样吧，就在她的心里留一个冷冰冰的我，在我的心里留一堆热乎乎的话，在我们之间留一堵不曾有过的墙，在那一年的校园里留一段曲折离奇的友谊吧。

一只小狗引发的战争

午睡正酣,我突然被一阵吵嚷声惊醒,声音之大振聋发聩,歇斯底里的呼号声像是遭了天大的不公。我站在窗边屏气凝神想要打探个究竟,可是由于楼下的树木过于繁茂,所以并不能看到楼下的场景。

大概半分钟左右,我终于分辨出事发地点应该是楼下,因为通过他们的语言我推断出了事情的原委——一只小狗撒欢儿,跑向了一个七八岁的小女孩,小女孩怕狗,吓得叫了起来,小女孩的妈妈护女心切,在听到狗主人的道歉之后,仍旧不依不饶,于是双方理论起来。

狗主人说:"都给你道歉了,你还想怎么样?狗咬着你孩子了吗?"

女孩的妈妈说:"吓着也不行,我就要打它。"

"我看你敢动我的狗?!"

……

"打人了——"女孩妈妈喊。

"啊——啊——"一个小女孩喊。

很多邻居，也包括我赶紧下楼。我在电梯里想，我一会儿把两边都劝劝，因为我也有狗，先对狗主人说："咱下次牵狗绳，我家也有小狗，咱养狗的见狗是不怕，但不养狗的人家怕也正常。"然后因为我也有孩子，再对孩子妈妈说："没事儿，别太紧张，小宠物狗不会咬人的，就是一时高兴，跟小孩子似的，安慰一下孩子，别因为大人吵架再吓着孩子……"

然而，当我走到楼下时，狗主人已经牵着狗走了，只剩下围观的和已经劝了架和还没来得及劝架的邻居，还有小女孩和她的妈妈。

小女孩我是认识的，就住在我们隔壁的单元，小女孩的爸爸妈妈都是生意人，家产颇为丰厚。我一向觉得这是非常和顺的一家人。女孩的爸爸很忙，见面少，但女孩的妈妈因为要照顾孩子的原因经常在小区的各个地方遇见，比如小凉亭下、喷泉池旁、去超市的路上、邮箱旁等。每次在路上遇见我们都很亲切地说话聊天，有时聊聊孩子，有时聊聊天气，有时候也说说最近的新闻。不得不承认，那是个漂亮的女人，头发齐肩，皮肤白皙、眉清目秀，不太爱化妆，但一样清水出芙蓉，喜欢穿浅色的裙子，看起来很飘逸。

那天她便是穿了一条粉蓝色的长裙，长裙的外面还有一层薄纱，加上精致的梨花头，让整个人看起来娴静淡雅又不失清爽俏皮，真真是少有的美人妈妈。然而此时的她一只脚穿着淡粉色的高跟凉鞋，另一只脚踩在花圃的边缘，被涂了晶晶亮的指甲油的五个脚趾十分醒目。

另一只鞋呢？

另一只鞋在她的手里。

她脱掉鞋子干吗？

她脱掉鞋子是去打那只不谙世事的只有五个月大的小泰迪。

……

她的脸色很难看，说不上惨白，但却比平日里红润白皙的模样减了不知多少分的姿色。孩子躲在门口的不锈钢护栏旁边，虽是站着，但却快要缩成了一团，快要哭成了泪人儿，抽抽噎噎，一句完整的话都说不出来。但是她现在顾不上孩子，一边声情并茂地同我们大声描述着刚才她是如何英勇地和狗主人争辩，一边义愤填膺地说以后这只狗她见一次打一次。

新来围观的人问道："那狗主人没给你道个歉？"

"道歉了，道歉也不行！"

道歉也不行吗？一只小狗因为喜欢她的孩子不小心把孩子吓了一跳，就如此不可原谅吗？它不过是一只思想单纯到极致的小小畜生而已，一定得杀它灭口才算了结吗？我真的没有办法把眼前这个恶狠狠地说着每一个字的女人和以往和颜悦色的美女邻居联系到一起了。

她是因为这一只狗才变得如此狭隘吗？还是从来就是如此，只不过我看到的仅仅是一层表皮而已呢？我不得而知。

大家七嘴八舌地议论着，不养狗的人把狗主人说得罪不可恕，养狗的人（另一位阿姨和我）则先承认狗主人应该拴狗链，又安慰女孩的妈妈不用害怕。

时间持续十来分钟后，她终于想起了自己的女儿，她拉起女儿来，并没有看一看孩子是否有伤，只用她强有力的话语跟孩子说："不怕，闺女，以后再有狗靠近你就往死了打，打死咱赔钱！一只破狗有什么了不起的！还能有我闺女值钱？走，妈带你吃大餐，压压惊……"

在那一刻，我觉得这个世界真是奇妙，有些原本看起来美好的事物，它的内里却是那样的不堪。就好像一个晶莹剔透的高脚杯里盛了一杯颜色鲜亮的苦瓜汁一样，那种反差简直令人恐惧。

好在她从来没有刁难过我家的狗狗，因为不管怎样我们到底是熟识的邻居，而且我家的狗狗也从来没有那么不知趣地去向她摇尾巴。我猜想，有时候狗的感知能力是超过人类的，它们能够轻而易举地知道哪个人是喜欢它的，哪个人是排斥它的。有些人虽然面相和善地与我打招呼，但我的狗狗也不会跑去摇尾示好；有的人只简单地看了它一眼，它就会咧了嘴哈嗤哈嗤地把大屁股摇得倍儿欢。

两三天后我在楼下等人,她带孩子在楼下玩耍,又聊起了那次人狗大战。我说:"没想到你那么怕狗。"

她竟叹了口气,说:"唉,我也不是多么害怕狗,只是被狗伤害过,所以总是不能压制火气。"

"怎么?你被狗咬过?"

"不是我,是我妈。就前几年,我们在老家的时候,我妈去买东西,刚到小区门口,不知从哪窜出来一只大黑狗,抱住我妈的大腿不放。我妈心脏不好,当时就被吓昏了过去。还好,有邻居及时帮忙送到医院,总算活了过来……说起来我就一身冷汗。"

事情就这样峰回路转,我又对她多了很多的理解和同情。是啊,我仅仅通过一件事就迫不及待地开始了对她的评判——粗暴、狭隘、不懂教育……我理直气壮正义凛然地给她戴上各种帽子时哪里知道她因为一条狗差点失去母亲的愤怒?

我觉得自己真是可笑。每个人都在经历自己不同的人生,谁也不知道对方曾遇到了谁、发生了什么,仅仅一两件事甚至一两句话就可以窥探到另一个人的虚伪或真诚、善良或丑恶,若不是天赋异禀,就一定是无稽之谈。

退一步说,即便你也有过类似的经历,即便你阅人无数、看尽繁华,可是他的童年、他的爱情、他的一切你都不曾经历,他的辛酸和苦衷,你如何知晓?所以,我们没有权利对任何一个人进行评判和定论。至于那些以往用在别人身上的狠狠的形容词就赶紧找个地方收了吧，当我们以欣赏的眼光接受每一个生命的样子，也许生活会变得更加美好起来。

大世面

年轻的时候，总是不甘于在一个地方呆太长的时间，理由是要多去外面见见世面，似乎自己的身边从来不曾有让自己大开眼界的人和事。那些能够让人心神震颤的大事件、大场面、大人物仿佛注定必须出现在其他地方。后来，我慢慢知道，所谓世面、所谓见识，与事件和人物的大小并无关联。现在回想起来，很多地方，虽然不起眼，甚至破败，可仍旧处处都能大开我的眼界。

比如我们学校旁边的五爱道市场，东西不过百余米，南北只有二十米，在那里却也有一番令人咂舌的天地——我第一次看见血淋淋的持械斗殴就是在那里。当时正直夏日，披肩长发固然是女孩子的最爱，但却抵不住它在我后脖子上捂出来的痱子更难受，于是打算剪短一些。理发店的门外，不知什么时候开始热闹了起来，然后就是嘈杂的谩骂声，接着就传来女人躲闪的尖叫和男人愤怒的吼声。我的头被理发师要求不能随意转动，但是理发师的头并不受限制，我从镜子里看见他在朝外面看，然后。他自言自语地说："我靠！老破烂急眼了，把苹果六打躺地上了……"

老破烂我是知道的，六十多岁，靠在五爱道市场收破烂为生。五爱道的商家虽然不算多，但是每天都会有人出售给老破烂不少东西，再加上市场旁边的一个小区也是老破烂的地盘，所以他的营生还不错，至少衣食还算无忧。

这一天，老破烂来的时候仍旧是他平日里一直穿着的那件已经破了几个洞的已然从白色脏成灰色的大跨栏背心，下面的大短裤也还是黑不叫黑灰不叫灰的乌涂色。只是他的右手指和额头上各多了一片墨迹，这便与老破烂的身份有些不符。苹果六眼尖，第一个看见，朝老破烂发起了哄笑："呦嗬，你个老破烂还装文化人呢？！不撒泡尿照照自己！"

老破烂不爱听，辩解："我怎么就不能是文化人了，想当年我爷爷的家里可是有私塾的，家里是请先生的，要不是后来废了科举考试，说不定我爷爷就中状元了！"

"吹牛不上税吧！再说，那是你爷爷，你还不是成了收破烂的了？"苹果六继续揶揄他。

"收破烂的怎么了？比你苹果六一点不低下，就你这样的，你的破烂我还不收了！"

"不收滚蛋！"

"说谁滚蛋？"

"说你！"

"再说一句！？"

"滚蛋！不收滚蛋！说了！你能怎么地？"

……

咣！老破烂的秤盘子直接飞向了苹果六——两人瞬间纠缠到了一起。苹果六虽然年轻，但老破烂不知从哪摸着了一块砖头，一砖头下去，苹果六的脑袋就淌血了……

事后如何处理我并不知晓，但苹果六的苹果摊撤了，老破烂也不再去五爱道市场了。后来，大约半年多以后，我在距离学校很远的一个市场里又见到了老破烂。老破烂正坐在市场最南边的一块石头上乘凉，手里拿着一本《多宝塔碑》，一边看一边徒手比画着临摹。

我过去与他搭讪，只说颜真卿，只说《多宝塔碑》。老破烂似乎早就看穿了我的心思——我想要的是一段关于他的春种秋收之外的故事。他说，他的爷爷顶能干，那时家族兴旺，十里八村都有名望。后来历经种种社会变迁，一个偌大的家族终于破败，他没能享受到当时的鼎盛，但父亲教会他写字、读书，他以为日子可以平淡地过下去，但在他下岗的那一年，爱人得了癌症，最后他倾家荡产，人财两空，沦落街头，终于成了老破烂。可是，他喜欢写字，喜欢闻墨香，他说收破烂的人也不一样，他要做最高贵的那一个。

我开始理解他那天的愤怒了。一个六十多岁的老人，孤身一人在这个大城市谋生，实在不是一件容易的事情。一个人，如果实在活得一无所有了，就得需要一点信念。日子是散着的珠子，信念是一根线；用线将珠子穿起来，日子才有了依托；不管风雨如何变换来去，日子总能有秩有序地一粒一粒地过。

这便是老破烂让我见到的世面。

我在城中村的出租房里也见过很多的人和事，桩桩件件都戳了我的肺管子，让我或惊讶，或愤怒，或欣喜得快要窒息。

首先让我开了眼界的是房东婆媳。我们管婆婆叫阿姨，她是正宗的房东；管儿媳叫尚姬氏（其夫家姓尚，她姓姬），并不太管房屋的事情。阿姨五六十岁，典型的中老年妇女形象，两端细，中盘粗，状如枣核。阿姨说话从来不会温柔如水，一贯的高高在上并夹杂些许对年轻人的不屑一顾。

她因为看不惯儿子一味上网，二话不说走过去就直接拔了电脑的电源；她会在下雨天楼下满地积水的时候，拎着家里的小狗在雨水里左右摇晃几下，算是给小家伙洗澡；她会在租户们闹意见时大声吼道"爱住住，不爱住走人"……

可是，阿姨会在春日里连续几天挖野菜，蒸了野菜馅儿的包子给我们吃；会在我不断打嗝无法止住的时候吓唬我，然后大笑；更让我没想到的是，她从孩子两岁时就开始守寡，一直到如今，所有给她提亲的人没有一个不被阿姨骂走。很多人都说阿姨是个怪人，我倒觉得她是个粗中有细的好女人。

尚姬氏嫁给阿姨的儿子两年，小女儿已经一岁。我听见最多的是尚姬氏对着孩子喊："来了，小静静，我们吃面面了。"一直到两年后我们搬离她家的院子，三岁多的小静静似乎就是靠着"面面"糊里糊涂地长大的。尚姬氏比我小很多，她平日里叫我"姐"，叫我先生"哥"，这个时髦的叫法让我觉得很有趣。她的穿着也比我要时髦得多，黑丝袜、牛仔短裤、亮闪闪的紧身T恤，头发也是要染成金黄色的；她爱追韩剧，常常跟我讲哪部韩剧好看，哪部比较狗血；她的屋里摆着很浪漫的玫瑰，还有很多漂亮的婚纱照。但是，她却有时候大脑像断了弦。有一回，和先生打赌，我赢，他须得背着我在屋里走十圈。我刚刚爬上先生的背，就看见尚姬氏像一道闪电一样推门进了我们的屋子（出租屋的窗户很大，如果不拉窗帘，任何人都可以看见屋内），焦急地说："姐，你怎么了？生病了吗？打120吧！"我和先生顿时傻成两块木头。尚姬氏愣了一会儿，恍然大悟，笑着说："哦，我以为姐生病了呢！"我很纳闷，这么一个水葱一般的年轻人，怎么如此愣头愣脑，看了那么多韩剧怎么会一下子先想到生病呢？

其实，要真想一件不漏地说说那些人和事，恐怕要几天几夜的时间。因为人物很小，事情也很小，但你都能从中看到大，看到一个和你想象的不一样的一面。我想，这大概也就叫世面。无论我们生活在怎样的地方，也无论我们面对什么样的人群，只要对生活有心，便处处都能开眼界，人人都让我们见世面。毕竟，生活无处不在，世面也就无处不在。心若茫然，纵然走遍千山万水，仍旧两眼空空，一无所获。

愿这个世界表里如一

很有幸的，在我为数不多的在办公室里上班的日子中，竟然做过一次面试官，目的是为工作的单位招聘几名实习编辑。实习编辑的要求很低：大学文科的应届毕业生；对工资薪酬无要求；能保证每天按时上下班。仅此三点，当然，在此基础上，如果能够颇通文墨，做出一些令我们惊喜的成绩来，就更加求之不得。

日子选在一个周五的上午，10点开始，我们预备12点结束。地点是我们的一间小会议室，说是会议室，但千万不要把它想象成那种宽桌大椅的气派样儿，因为它总共不过十几平方米的面积，一张一米长、六十宽的办公桌，加上几把四腿凳，其余的地方看起来则更像是仓库。我们出版过的以及用作资料的书籍都堆放在屋里，除此，有些打印出来的校对稿也一沓沓地以其最自然的状态在桌子甚至地上横躺竖卧着。有时候觉得和文字打交道的人会有些较真，比如像贾岛一样会为着用哪一个字而劳神费力，这在我们来说并不稀奇。可是我们对环境（尤其是办公环境）的要求却低到冰点，那些有用的无用的书籍、稿件常常四处都是，我们也常常需要趴在里面很久才能翻找到自己想要的那一本。但这似乎也是我们的一种乐趣，一种很真实的在书海里畅游的感受。因此，我们很少收拾和整理那些东西。

距离面试时间还有十几分钟的时候，大多数应试者就已经很守时地一个一个地到了，我心中欢喜：孩子们还是很遵守时间的嘛！我把他们递交上来的简历按照先后顺序从上到下放好，便提前几分钟启动了招聘程序。

我作为此次招聘的唯一一位面试官，孤零零地坐在那张简陋的小桌前，等待前来应聘的人员。第一个进来面试的是一位男生，中文系、专科，人清秀，谈吐得当，但不能坐班，每周只能来两天，于是顺利刷掉。第二位是女生，工商管理系、本科，毕业两个多月，曾经是学校校报的主力编辑，能力不错，但是因为她要求的薪资我们达不到，所以顺利将我们刷掉。

应试者一个一个地进来、出去，男的、女的，每个人的风貌都不同，与我们交流的手法各异，可是作为新一代，他们那份用于呈现自己的意愿，却是一样的。看着他们新潮的装扮，听着他们嘴里蹦出来的新颖的词汇，以及他们对我们提出的种种要求，我的心里真是涨满了莫名的喜悦和兴奋。这是多么美好的年纪啊，他们那么富于表现力，他们愿意将自己的想法毫无遮掩地传达给我们，他们不像我们以前那样为了一份工作委曲求全，我们没有他们那份昂然的自信。我们在生存与生活间窸窸窣窣地摸索，摸索得漫长而艰苦，可他们却懂得立即掌握自己想要的东西，他们总是要努力张扬自己，坚持做自己想做的事。若不是我们这间小小的工作室实在养不起他们，我真想让他们都留下来，就算不工作，只让我看着这朝气蓬勃的一群年轻人也是好的。

当第九位小姑娘轻盈地来到我眼前的时候，我发现她的脸上洋溢着一股说不出来的微笑。我对她点了点头，她也对我点了点头。这时，她看见地上的一颗图钉，眼睛眨了一下，迅速将图钉捡起来，坐到我对面，没等我开口她便问我有没有胶带。我把一卷透明胶带递给她，她用洁白的小牙齿撕开胶带，将图钉裹在胶带里面扔进了我旁边的废纸篓里。我们聊了几分钟，她的条件不错，很符合我们的要求；更重要的是，她对我们毫不挑剔，只说能够做自己喜欢做的事就很好，其余她不在乎。

此时，我被一位同事叫了出去，因为马上要出版的一本书的封面还没有确定下来，我们总是集思广益，每个人的意见都要说一说。大约耽搁了五六分钟，当我再次进入小会议室时，发现空间变大了，而那个小姑娘正勤快地将我们长期以来堆放的乱糟糟的书籍稿件一一排列整齐。

我还有什么好说的呢？留下她吧。我感觉自己像一位大丰收的农夫，心情快乐到马上就要爆掉。

然而，奇怪的是，我所期盼的好时光并没有来临。她加入工作室的第一周，任务完成得一塌糊涂，大段大段东拼西凑的资料让我震惊。我以为她或许还不清楚工作要怎样做，于是耐心讲给她听。又一周后，她的工作仍旧拿不出手。更要命的是，她在这两周里，竟然没有一次打扫过我们的工作室，甚至于摆放在她跟前的一株吊兰都要干枯而死。

我找她谈话，还是在那间小会议室，我又坐在小桌前，她依旧坐在我对面，我正踌躇如何开口批评她，她却一脸轻蔑地对我说："许老师，我知道你要说什么。第一，你会认为我的工作太粗糙，这是因为工作室付给我的工资不配我付出更多的劳动；第二，你看到了我工作时间玩游戏，那是因为无事可做，闲着也是闲着，青春不容浪费；第三，你会觉得我对工作室的环境并不热心，因为每天这间屋子坐着那么多人，凭什么要我来整理？花，不是我买的，我用不着负责；第四，你可能会因此而炒了我的鱿鱼，没关系，付给我这两周的薪水。"

我简直瞠目结舌，来不及向领导请示，也来不及向财务申请，我便积极地从自己的包里拿出她半个月工资，恭恭敬敬递过去，说："祝你开心。"她或许没想到我只用了四个字就结束了她这份工作，临起身时不小心踢倒了上次她放图钉的废纸篓，但是她头也不回地走了出去，雄赳赳气昂昂，以我此生望尘莫及的轻蔑脱离了我们的小工作室。

那一刻，我的情绪降到了冰点，那份失落，只有颗粒无收的农夫可以比较。这个不过二十来岁的小姑娘，破坏了我对年轻人的那么多的美好感觉，也破坏了我对这个世界的某些看法。我想，我的确不应该从她一时的表现来断定她是好还是坏。可是，在她走了之后，我扶起废纸篓，坐在那间小会议室的小桌旁待了很久，终究想不出来对于一个初次见面的人，要想决定是否与她共处，不看她的行为举止还能看些什么呢？

这件事已经过去七八年了，我终究还是没有找到更好的观察一个人的办法，每次见到让我高兴的我就在心里祈祷：愿你永远如今日一样；遇到让我堵心的，我就念几声阿弥陀佛，安抚自己说：他也许有他的苦衷和不得已。

除此，我还能怎样呢？

第二章
所谓青春，便是做让心欢喜的事情

证明青春最简单的方法，便是勇敢地去做那些让心欢喜的事情。

小妖

小妖是以前在一起工作的同事，我们同一年进入那家企业，被安排在同一间宿舍里。宿舍里还有一位平姑娘，平姑娘与我身材相当，都属于靠近海平面的那种，因此显得小妖的身材更加修长，尤其两条大长腿，羡慕死人了。

其实，小妖刚来的时候不叫小妖，小妖是同事们（特别是男同事们）经过仔细观察和揣摩才送给小妖的昵称。大家之所以给小妖这个称呼，是因为小妖比起我们的确更加妖娆。比如我们上班时经常穿宽松的作训服，但小妖就把肥肥大大的作训服拿到裁缝那里改成喇叭裤，这样一来，她的大长腿和两个圆嘟嘟的屁股蛋子就更加显眼，再加上她风摆柳枝的走路姿势，让很多人都要流鼻血。

记得一个周末，厂里安排加班。我与另外几个同事走近办公楼时，小妖已经婷婷袅袅地伫立在楼下了。一条雪白雪白的大喇叭裤，大腿和臀部紧绷，上衣也是紧身，前凸后翘，一览无遗；又加之其长发随风摆动，回眸一笑时，红艳艳的嘴唇烈火一般。竟有同事脱口而出："妖精！"所有人哄笑，大家故意装作倾倒状，相互搀扶着走过去。有女同事笑着对小妖说："以后可别这么妖娆了，你看把哥哥们迷的，都不成人样了……再这样得管你叫小妖了。"

从此，小妖之名贯穿始终。

小妖还有一妖，就是说话拿腔拿调，多数时候都故作娇滴滴状。有一次，我和另一位男同事做完一项工作一同回办公室，见小妖长发披肩，右手托着与垂直线偏移大约二三十度的角度的脑袋，千娇百媚地依靠在办公桌前。我上前问："怎么了？"

小妖长出了一口气，说："头疼得厉害……"男同事见状，立刻学着她的样子说："我也头疼得厉害……"

但小妖对此并不生气，有时候回到宿舍，她会有一搭没一搭地跟我说：

"谁爱怎么看就怎么看呗，我就是喜欢这样。年轻的时候不做自己喜欢的事，以后就没机会了。

"再说了，我穿我喜欢的衣服，化我喜欢的妆，说我喜欢的话，又不伤害别人，还犯了罪了？

"哎，小许，我跟你说，你别老跟着他们瞎混，他们就那样了，都是厂里的子弟，将来还不都留在这里？我们不一样啊，你就甘心一辈子在这山沟里了？反正我早晚是要走的。所以啊，我才不管他们呢！"

虽然我也不喜欢小妖的忸怩和做作，但她的独到见解却仍旧让我觉得这丫头骨子里是有东西的。

果然，一年半以后，小妖和她谈了三个月的男朋友远走高飞，永远离开了这个对她有着若干看法的圈子。又一年半以后，我也追随小妖的脚步，来到北京谋生。但我来时，小妖已经有了稳定的工作，孩子也生了，她当年的男朋友已经在她的鼓励下，自己做起了五金生意。

而我一切都还没有着落，有些望尘莫及。

前些年，约小妖见了一面，她还是妩媚到让男人流鼻血的样子，长发及腰，喜欢使劲眨着并不算漂亮的大眼睛。年少时长青春痘留下的痕迹依旧在她脸上坑坑洼洼地焕发着光彩，她也还穿着紧身的牛仔裤，只是喇叭腿儿小了不少。我们聊起彼此的住处，她说："我们搬家了，不在那边了。"

"做老板就是有钱，房子说换就换，我可还扛着贷款呢！"我羡慕地说。

小妖白了我一眼，说："老脑筋，我才不买房呢。租房多好啊，想搬哪搬哪，永远都可以在工作单位附近，永远都不用花一两个小时在路上耗着……你不趁着年轻把时间省出来玩儿，等到老了有时间也不会玩儿了。"

我不得不承认，小妖的言辞瞬间颠覆了我对房子的价值观。一直以来，我都觉得有一所房子才算有了个家，有了家，无论工作的地方多远，心里都会牵挂着自己的一亩三分地儿。只有这样，才算是终结了漂泊。可听了小妖的话，仔细想了想，有了房子就不算漂泊吗？也一样漂泊啊。

另外，有时候觉得房子的确在某种程度上成了一种牵绊，比如像小妖说的，如果你的工作地点换到了更远的地方，通常不会有人因此把房子也跟着换了，就只能把大把的时间耗费在上下班的路上；又或者楼下的某个店铺总是喜欢把音响放得很大声，我们也不会因此去更换另一个房子住；再或者家里人口突增，我们也没有那么容易去卖掉现有的房子再买另外一套……退一步讲，就算不用卖掉房子，只是去租另外一套房子，也不会那么坦然。现实的问题是，现有的房子如果空着，就相当于每个月要多支出几千块钱的租金，如果租出去来抵租金倒是可以维持收支平衡，但自己的房子又常常舍不得交给租客来祸害。

这样一来，很多原本可以做的事情，可以享受的青春就被禁锢了。

截至2016年，与小妖大概有三四年的时间都没有见面了，偶尔发发信息或通通电话。另一头的她依然很青春的样子，经常听她说又去什么地方玩儿了，吃了哪里的特色美食，今年流行什么款式了，某个品牌的口红出新品了，哪家商铺打折了等等。

我常会不由自主地说："真羡慕你啊，活得这么潇洒！"

而小妖则无一例外地说："不趁着年轻的时候折腾，还等白头发一大把了呀？"

她说的时候还像以往一样喜欢把最后一个字的音拖得很长，妖里妖气。我依旧不爱听，但与之前做同事时比起来，我觉得她说得也是有道理的。

联谊会风波

上学的时候,班里的男生一直不待见我们女生,究其原因也并不十分清楚。当然,也不外乎不够漂亮、没什么才艺、学习不出众,以及对男生不够热情等。不过后来,我们渐渐发现男生不喜欢我们的确凿理由了——只做自己高兴的事,不管身后的男生如何。

这得从一次联谊会说起。联谊会源起何处我们并不知晓,只记得当时男生通知女生,说与商学院某班举办联谊会,两个班的同学各选6名女生、6名男生参加。我们是工科院校,男女比例严重失调,除去没时间参加的就剩了6名,于是男生别无选择,只能不分优劣将我们打包带走。

说来也奇怪,联谊会这种事对于青春年少、情窦初开的大学女生来说,原本应该是既紧张又兴奋的事情。按照常理推断,参加联谊会的当日,我们应该早晨五点起床,梳洗打扮、描眉画眼,浑身上下都洋溢着青春的活力和少女的娇羞,轻盈盈、娇艳艳地跟在男生身后去等待一份属于自己的浪漫。退一万步,即便不想因为一次联谊会就能与谁一见倾心,至少也不要太丢份儿才对。

我觉得当时我们班里去参加联谊会的男生一定会是这样想的。可是，事与愿违，我们有闲散时间能够去参加的几名女生并没有如他们的愿。对我们来说，参加联谊会的目的并不在于能不能结交到异性友人，也不在于要替班里的男生撑门面，我们的目标是——撸串。

男生们特意打了天津当时最为流行的出租——天津大发，因为要带很多烧烤的东西，像羊肉串、馒头片、烤肠、辣椒孜然等，一应俱全。不管怎么说，与外校联谊，不能让人家说咱们小气，更何况万一哪位商学院姑娘认为"不会当厨子的大学生不是好男友"的话，说不定我们班里的哪根草就从此有主儿了呢。天津大发一共租用了两辆，上午十点三十分从学校出发，历时二十分钟左右连人带串儿顺利送达了商学院门口。商学院的男女同学显然都是有备而来，男同学干净帅气，与我们班里热血赴会的男生很有一拼；女同学则千娇百媚，或杨柳细腰，或衣袂飘飘，我们则不可同日而语，高矮参差、良莠不齐，虽然有两位女生长相清秀、衣着得体，但俗话说得好，"一马勺坏一锅"，更何况我们有好几"马勺"，就连男生也被我们几个不懂着装打扮又天生不够丽质的女生给搅和了。

我们也觉得心里稍有歉疚，相互递了个眼神，但随后我们当中有人坚定地说："管他们呢，我们又不是来相亲的，吃饱喝足最重要。"所谓"夫子言之，于我心有戚戚焉"。我们立刻卸下了心理包袱，全副武装搭灶开火。设备简陋，没有烧烤炉子，因为怕完事之后宿舍里没地儿放，所以最初的计划就是在野外寻几块砖头，做个简易的炉架。男生们顾着和对方的男生、重点是女生联络友谊，我们则忙乎着准备大吃一顿。

"巾帼不让须眉"，想必两校的男生都对我们肃然起敬，从找砖头、找引柴、生炭火、烤肉串，到撒盐面、孜然、辣椒，再到香气四溢，几乎都是我们几个女生的功劳。很可惜，商学院的联谊校友以及我们班里的男生除了大赞我们厉害之外，并没有抽出过多的时间来品尝我们的手艺。于是，那么多好东西便多半由我们几个女生享用了。

这对我们来说是难得的好时光，那时候难有烧烤的机会不说，几个比较要好的女生能够凑在一起吃大家喜欢的东西也并不是天天都能做的事情。我们几个能够一起解馋的，那时候就只有学校东面穿过两个胡同的一个小市场里卖的炸鸡排和学校西南五道口大排档里的麻辣烫了。说起来，这两种吃食都不算是健康食品，但对一群穷学生来说，好吃不贵才是硬道理。

烤串也当然爱吃，但对我们来说偶尔打打牙祭还可以，三六九地去吃也是奢侈了。但是现在不一样，那些人只顾着交友联谊，我们叫了几次大家的注意力都不在烧烤上面，眼看着新鲜的羊肉串吱吱冒油，再不吃就糊了，多可惜啊。

"咱们吃吧。"我们进行了最后的呼喊仍然得不到回应后，便不约而同地想到了这几个字。那就吃吧，反正浪费粮食比交不上朋友更可耻。

联谊会大约进行了两三个小时的样子，我们几个的时间有一半用在了烧烤上，我们边烤边呼喊，实在担心浪费也会拿了东西送到那些醉心于交友的我们班男生和商学院的学生手里，我们送去他们就接了吃了，我们不送他们便当没有这回事。送了几次后，我们也厌倦了，小声嘀咕起来："干吗呀？拿咱们几个当老妈子了！不吃拉倒，还当大爷似的伺候着，原本叫我们来也是为了凑数，咱干吗非要贴这冷屁股啊？真是的……"

于是，我们真的甩开腮帮子吃了个痛快。或许商学院的男生也没见过女生会有如此架势，早早就打起了退堂鼓，一边逗着自己班里的女生，一边和我们班的男生商量着踢足球玩儿。然后他们的女生成了场边欢呼雀跃的小鸟，我们几个女生则坐到树荫下面玩起了扑克牌。

散场时，商学院的学生是怎么走的，我们一点也不知道，因为连我们班里的男生是怎么走的我们都没看见。我们肯定，不是我们故意不看，而是他们压根儿也没想把我们再带回去。原因大概两点：往坏里想，可能是因为我们吃烧烤时技惊四座，他们实在觉得脸上无光，于是弃我们于不顾；往好里想，可能是看我们玩得正酣，又想着这一群女汉子不愁找不到回学校的路，于是给了我们充分的自由。

总之，下午三点钟时我们发现男生们不见了，我们继续到四点多钟，把烧烤的残余处理妥当，一路打听，终于坐公交车回了学校。第二天上课，男女生相见，像往常一样，如同昨天的联谊会根本就没有参加过。我们在心里觉得男生不够包容，男生则在心里觉得我们不够体面。事情过去了许多年，与当时一起参加联谊会的女友聊起来，我们的心境还是莫名的统一：

　　管他们呢，别说那时候年轻，就算现在也没有必要为了谁硬去做自己不愿做的事吧。

让人生像随笔一样

魏杰是我小学时的同学，个子瘦高，很能打架，班里的男生也不论个头大小一律听他指挥，我们又是同村。所以，我对他的印象很深。那时他成绩很差，差到他倒数第一的位置从来没有被撼动过。就这样，他一直将这项高难度的纪录保持到初中毕业。之后，我在外求学，他在家务农。

大约是四五年前，我回娘家小住，偶然遇到魏杰，虽然体形已经圆润了很多，但还是一眼就认出了老同学。闲聊得知，如今他虽生活在农村，却早已脱产，有七、八年的光景都不再种田，因为现在他的身份是家乡的一家炼钢厂的小头头，而且马上就要升职为车间主任，下个月就要走马上任。

几天后，我突然接到魏杰的电话，说让我帮忙写一篇就职演讲，题目叫《我与钢厂共辉煌》，听起来就大气磅礴。我爽快应允，心想：虽然不是科班出身，但好歹也与文字打了十来年的交道，区区乡村钢厂一个就职演讲——简单。

为了能够让我写得更顺利，魏杰将钢厂的发展历史以及他在钢厂的前前后后的经历一并发到了我的邮箱里，并再三叮嘱，这可是关系他在钢厂生涯的大事,演讲精彩,自然得到工人和大领导的加分;演讲得不好,虽不至于撤了职,但总归人们会说"什么乱七八糟的,还领导呢"。

看他这样说,我还是觉得简单。不就是一篇演讲稿嘛,左不过两三千字,写写他的奋斗史,写写钢厂从规模不值一提的作坊发展到今天所走来的艰辛历程,展望一下美好的未来,大抵也就够了。于是,到了还剩最后几天的时候我才开始着手,第一步先在页面的最上面搭上了"我与钢厂共辉煌"的标题,宋体、居中、一号字、加粗。接下来我开始构思这篇演讲稿的结构、内容和措辞,我不断回想魏杰的叮嘱:第一,他是唯一一个要做演讲的人,这将与他在钢厂的发展息息相关;第二,厂长对此十分重视;第三,一定写出信心、写出成绩、写出特点、写出不足、写出方向……

那好,就按照这几点来。第一和第二点看起来很重,但只要做到第三点,也就全部搞定了。可是,如何才能写出信心、写出成绩、写出特点、写出不足、写出方向,并将它们巧妙地糅合在一起呢?尤其是"成绩",夸得狠了显得假,夸得轻了又不到位;而这"不足"更是头疼,一点不提肯定不行,但若说些无关痛痒的不足恐怕也有惺惺作态之嫌,说得多了这不打领导的脸吗?我开始有些战战兢兢如履薄冰,很怕写得不好让他受了领导的批评和下属的挤兑,更怕因此影响了他来之不易的升职机会。真是越想越怕,两只手像鸡爪子一样在键盘上僵硬了半个小时也没能敲出一个字来。

第二天，魏杰来电话，我说："快了，还有一点点，明天交工。"其实，我根本没有信心写好，但事到如今我若是摔耙子不干恐怕更要坑苦了他，所以也只能赶鸭子上架了。

我开始着力以我认为的最不露声色的方式吹嘘他的成绩，用最感人肺腑的语言描绘工厂走过的艰辛，用最辉煌耀目的句子描绘工厂的宏伟蓝图。我极尽所能地将魏杰信心、成绩、特点等等巧妙地一一列出，让每一句话都震撼人心，让整个演讲充满力量，希望他的领导能够因为这一篇演讲稿给他更多赞许的目光，希望他的属下们因为这一篇演讲稿在看他的时候脖子仰得更高，希望他能因为这一篇演讲稿平步青云。

几天后，魏杰来电，我激动万分，问："演讲了？"他说："嗯，昨天下午演讲的。"我迫不及待地问："怎么样？"他顿了顿，说："还行，比我是强多了。不过，可能因为天气太热，竟然有人他妈的睡着了……"

我大惊。

难道这就是"味同嚼蜡"吗？我写过很多随笔，虽然没上过什么了不起的刊物，但总归还是得到了出版社编辑大人的认可的呀？这一次，竟然在一篇演讲稿上翻了船，而且是乡村钢厂，听众的文化水平平均起来也超不过初中毕业呀！如此不能深入人心吗？

我想起我写随笔时的情形。

我写随笔时从来没有觉得吃力或是为难，因为我写的都是我想写的，那些词句是从心里自己冒出来的，不是我拿钩子从肚子里着急忙慌地钩出来的。我写的东西都很小，都是身边的鸡毛蒜皮。有时我写一些实用性的，比如书信、日记等，有心说事，无心为文；有时我写一些情志性的，左不过是些所见所闻、所感所想，自己觉得有点意思，便拿出来磨叨几句，有时几百字就结束，有时刹不住车叽叽歪歪弄了几千字出来，字多字少，用哪个词，什么句式，都是随心所欲。总的来说，是一种清风明月、漫不经心、顺水行舟的感觉，但不管怎样都会有我的一种心境在里面。可是，这一次我绞尽脑汁、殚精竭虑、思前想后、搜肠刮肚、中西合璧、引经据典，最终只换来了听者的一阵酣睡。

我百思不得其解，于是日思夜思，终于思出了结果——因为我太拿这篇演讲稿当回事儿了，我以某种效果为目标，要求自己这个必须写、这个不能写；那个必须写，那个不能写。于是，最终偏离心性，言之无物，味同嚼蜡。

人生大概也如一篇文章，有人把它写成记叙文，时间、地点、人物，事件的起因、经过、结果，按部就班、平平淡淡；有人写成了议论文，论点、论据、论证，闹闹哄哄，不知所云；也有人写成诗歌，唯美飘逸，不食人间烟火；还有人写成了说明文，形态、构造、属性、类别、成因、功效……面面俱到，但生硬拘谨。

　　看来看去，还是随笔最好，将文章之所谓为文章的条条框框释放于无形，不装相、不发功、不显摆、不忸怩、不啰唆、不艰涩、不找人别扭、不自寻烦恼，舒舒坦坦，就留那么一丢丢儿的真情真趣，足矣。

　　而青春，更当如此。生命中能够尽情释放的年月不多，除去儿时需要家人照顾，年老又要被人照顾的时间，能够真真正正属于自己的岁月只有青春那一小段时光。在这一段时间里，若还要把自己写成一篇或装相，或发功，或显摆，或忸怩，或啰唆，或艰涩，或找人别扭，或自寻烦恼的文章，岂不辜负了青春之为青春的名号？

没多少人注意你，不用活得那么别扭

有那么几年，生活并不如意，倒也不是遇上了什么灾难或是坎坷，只是每天都过得不痛快。特别是上学那会儿，大概是因为正好处于那样一个热情奔放与烦恼迷茫相交织的年纪，很多事儿都无法从容面对。总感觉有无数双眼睛盯着自己，只要自己有一点好或不好的事情发生，就仿佛全世界的人都会过来祝贺或是嘲笑。

大学时最让我恐惧的就是考试，因为没有理工科的细胞却偏偏为了早日得到一个"城镇户口"而考取了工科院校，所以高数、线性代数、工程制图、机械原理等各个科目以及相对应的任教老师都成了我的天敌。越是恐惧，越不想上课，越不想上课越学不好，第一学期考试的结果如约而至——三科没及格。幸运的是，我那时刚上大一上半学期，下面尚且没有能够接收我留级的学弟学妹，因此躲过了留级的厄运。

这对我来说真是天大的耻辱，我在去食堂吃饭的路上都害怕碰到老师和同学，我常常让同宿的人帮我带饭，然后一个人坐在床边默默吃完。有时去打水会遇到班里的辅导员，他总是用右手食指的第二个关节向上推一推他的很显斯文的眼镜，然后冲我点头微笑。这微笑持续了四年，在考试之前的半年，这笑容总是让我感觉大学生活的美好，有时我会学他用食指的第二个关节蹭一下右眼的下眼眶，然后嘻嘻一笑；但是，自从我取得了"骄人"的成绩后，这笑容和手势就如同放久了的石榴，甜味还有，只是又多了酸涩。我也再没有学着他用食指捅咕自己下眼眶的勇气了，硬着头皮将嘴角努力向上翘一翘，然后赶紧溜之大吉。那阵子，我常想起《红楼梦》第25回，贾府的老祖宗说的一小段话来："都是你们素日调唆着，逼他念书写字，把胆子唬破了，见了他老子就像个避猫鼠儿一样。"

我觉得贾宝玉可真幸运，书念不好还有人替他求情撑腰，这要是我们老祖宗知道了我的成绩，说不定大耳刮子早就糊过来了。我也便只有自己在心里篡改一下贾母的话：都是你们素日调唆着，逼我念书考试，把胆子唬破了，见了老师就像个避猫鼠儿一样。

可怕的是，这件事落下了后遗症，总是觉得自己与众不同，要么是个山尖儿，要么是个大坑。就连做得好了也一样让我不自在，比如我在学校得了个书法比赛的第二名，瞬时觉得自己光芒万丈了，仿佛全校师生都应该认识我，全然忘了还有第一名这回事儿；学期末由于从最后一名冲入了前15名并且得了进步奖，又觉得大家看我的眼神不一样了；当我穿了一件黑色的紧身裙被英语老师悄悄并严肃地说"这样的衣服不适合你，赶紧换了"时，就又一下子掉进大坑里。我的心情就这样上蹿下跳了好多年，真真是不舒服。

后来，我慢慢发现，其实很多时候我们不过是别人顺嘴说说的花边小新闻，真正会把我们看在眼里、刻在心上的人寥寥无几，甚至当你为着某件事情肝肠寸断或欣喜若狂时，别人压根儿就没有注意到你。又或者注意到了，也不过那个人在某个闲暇时间里的一点小谈资，下一秒那人还是满腔热忱地投入到他自己的事情里，而你的一切与他毫不相干。

好比一位大明星，恋爱了、分手了、结婚了、生娃了、离婚了、出丑闻了、做慈善了……所有的人的确瞩目过，但这些事情并不与我们有一毛钱的关系。他的来与去、好与坏，最终都不过是你嘴里的"啧啧"或"哎呀"而已。

有一次，我去公共浴池洗澡，同去的还有两位朋友。因为是夏季，在城中村租住的人又多，澡堂里就跟煮饺子一样，热气腾腾，滑不溜秋。我一个没走稳，竟然"啪唧"一声摔了个大大的仰八叉，恼怒、尴尬、疼痛，一股脑全都涌进了我的胸膛，但奇怪的是，当我爬起来走到我的伙伴面前时，她们没一个人问我怎么样、疼不疼。出来时，我一边穿衣服，一边抱怨她们没有同情心，可她们说的却是：哦！摔跟头的是你啊！

我还能说什么呢？在回去的路上，我的右胳膊肘仍旧有丝丝的疼痛。但是大家谈论的是晚上吃什么、最近几天芹菜也涨价了，以及明天周一上班又要开会等与我的狠狠一摔毫不相干的事情，仿佛我从来没有摔倒，仿佛我的右胳膊肘从来没有疼过。

——原来，每一个人在他人的眼里都是沧海一粟，不会有那么多人真的在乎你胖了还是瘦了，疼了还是痒了。想想自己对别人也是一样，隔壁的孩子没能上自己心仪的小学而蹲在小区的凉亭旁掉眼泪，我只在临睡前和先生嘟囔了几句，便约会周公了。到现在已经过去好几个月了，要不是早晨出去买菜碰到她跟孩子说学校要增加一门武术课，我竟然忘记了当时那孩子满心不欢喜的样子。

谁都没有那么多观众，很多时候，周围的眼神和评价都是我们自己假想出来的，纵然我们自己经历了天翻地覆，真正因此而受到影响的大概也只有家人和爱人，而其他人依旧该吃吃，该喝喝，该上班上班，该睡觉睡觉。就好比你每天都去同一家超市买菜，每次都消费不低，但如果你搬家了或者换了一家超市去买，也绝不会有人跑来找你询问你是否遇到了什么事情。

所以，只管做自己，不用太在乎别人的想法，别人也许根本就没有对你产生想法，因为他们也许压根儿就没注意到你。若是担心周遭的眼光而让自己活得不堪重负，终归只是一场自导自演的闹剧。

青春的爱丽丝

在很长一段时间里，我想我并没有了解到"发小"的含义，我只知道所谓"发小"就是小时候的伙伴，至于更多衍生的意义，丝毫没有察觉。然而，前年回娘家，偶然遇到小时候同村的伙伴张大勇，倒是让我对"发小"这个词又多了几分感受。

我遇见他时，他正在拿着铁锹将他家门口的一堆散成一片的沙土铲成一堆，我正从村口的商店买了一把炒菜的铲子往回走。大铲遇到小铲，他说："你这个轻巧，借我用用……"

然后，他很是诚恳地说："得有十几年没见了吧，到家里坐会儿吧。"我也觉得心里一热，拿着小铲子跟他进了院子。院子里有张桌子，因为时值夏月，家里人大多愿意到院子里吃饭，虽然有蚊虫，但比在屋里闷出一身黏汗还是要痛快得多。我们面对面坐在了矮凳子上，开始聊起了各自这些年的经历。

张大勇的第一句话是："我从来没想过我们还有机会能这样安静地面对面坐着聊聊天。小时候我不爱说话，那时候总是喜欢把自己弄成一副少年老成的样子，但是我现在发现，有些话如果你今天不说，也许以后就再也没机会说了……"

"怎么觉得你还是在装老成啊？"我有些紧张，心里迅速回想我和他之间的过往，从四五岁一起玩，到后来在同一所学校读小学和初中，然后高中后就各奔前程，虽然彼此熟悉，却也算不上感情深厚，甚至连过多的交往都不曾有。我只记得他喜欢唱歌，小时候老师带大家玩游戏，他总是输，然后乐呵呵地站在中间唱首歌。初中时，班里开始组织小规模的新年晚会，他从不缺席，而且只要有人邀请他唱一首，他绝不推辞。我曾经为他使劲鼓过掌，大声夸奖过他，放学和他一起回家，终究仅限于此。他何来如此瘆人的说法？我不解，但也只能故作轻松。

张大勇没接我的话茬，只是笑笑，继续他的话题，他说："你去了县里的一中，我却只读了镇上的高中，后来考了农业大学，毕业后找不到工作，一次一次被涮，一个人在天桥的台阶上哭过一整夜。后来决心考研，但最终名落孙山，心如死灰。后来，家里托了各种关系帮我在镇上找了个差事，我并不喜欢，但也只能这样，总不能毕了业在家窝着不是？再后来凭借着学历的优势，捞了个小官儿当，结婚生子，算是安稳下来。但有时候，总觉得这也并非自己想要的生活……"

他抬眼看了一下我，发现我正呆愣愣地瞅着他，又说："跟你唠叨这些没什么想法，随便说说，有时候自己都要忘了这些年是怎么过来的。"

原来如此。

有时候我们不管别人想不想听,只自顾自地唠唠叨叨出许多话来,其原因大约也如同张大勇一样,并非想要得到某种回应,比如掌声或者建议,而是只想说给他人听,你记住或忘却,赞赏或贬斥,都无所谓,只要有人听,有人帮我们记住,这就很好了。

张大勇又接着说:"你知道我的梦想是什么吗?"

"什么?"

"做个音乐人,哪怕不能写歌,只随便弹弹吉他也好。"他说,"你听不听?我在大学时真的学过吉他。"

"听,给我弹一首吧。"我说。

他转身进屋,抱出一把吉他,不是多么高级,但他抱得很小心,面带一点羞涩低下头将吉他的肩带斜挎在自己的肩膀。接着,他直接坐在了他家吃饭的桌子上,一只脚点地,另一只脚则蹬在小矮凳子上,眼睛望向天空,一副很文艺的样子。

"弹什么呢?"他说。

"随便什么都行,反正我也不懂,你就是俞伯牙给我弹个高山流水,我也成不了钟子期。"我实话实说。虽然小时候一度梦想成为歌唱家,但此生最显赫的成绩也不过是哄儿子睡觉时哼哼几句而已。

"那就弹一首《致爱丽丝》吧。"他想了一会儿说。

吉他的音色较之钢琴并不一样,但对我这个外行来说毫无关系。

我只看着张大勇很陶醉地有时面带一点笑容地看看我,有时低了头看琴弦,有时又微扬起下颏看看天空,在夏日傍晚的乡村小院里显得有些另类,但确也是我所见过的为数不多的美景。

一曲弹罢,我鼓掌赞叹。他却连连摆手,示意我停下。

"有一段时间没弹了,都有些生疏了。"他说,"其实小时候就特别喜欢音乐,那时候一看到春节晚会上那些精彩的演奏心里就痒痒。可惜啊,咱们小时候都没有那个条件,一直到我上大学时,学习松了一口气,攒了一个暑假在饭店打工的钱才买了这把吉他,一直到现在都没舍得换掉。"

"没想到你都这岁数了还没忘了当初对音乐的热爱呢。"我说。

"怎么能忘呢?这也是青春的延续嘛!"

我觉得张大勇的"青春的延续"这个说法实在很精妙,青春短暂,但你若想留它也不难,你只需要用心坚持青春里想做的一件事即可。纵使青春不可留,但伴随着青春生长出来的回忆和感触,划过指尖的温度,对于青春的情感,都在张大勇的吉他声里汩汩而出,且无限延续。

我没有再听张大勇弹奏第二首,因为他弹完之后便将琴放了回去,并没有再弹一首的意思。我也便随便聊了聊,冲他晃动了一下我的小铲子,说我得回家了,我妈还等这铲子炒菜呢。

张大勇点了点头,拿了他的大铁锹继续将门口的土堆成一堆儿。

我想，虽然他在年少，甚至正值青春的时候，并没有做出什么轰轰烈烈的能代表青春的事情来。比如私奔、比如喝酒打架、比如炒老板的鱿鱼、比如艰难的创业，或者其他种种，但在我看来，张大勇，这个从农村又走回农村，在自己门口铲土的几近中年的男人，并不负青春。

与其苟延残喘,不如纵情燃烧

高大宝拿到去澳大利亚签证的时候,差不多是我从认识他以来,他最兴奋的一天。他浑身上下每一个细胞都在笑,以至于脸上的皱纹都横着晾了出来,他的脚不能好好在地上待着,总是不停地挪腾来挪腾去,他的两只手一会儿放进裤子口袋里,一会儿拿出来把两个大拇指挂在牛仔裤的皮带上。就连说话的时候,眼神也飘忽不定,仿佛自己一面要跟我讲话,一面要关注着大洋彼岸另一个国家的生死存亡一般应接不暇。高大宝临走的时候,很自然地以他平常基本没用过的"bye bye"结束了我们的谈话,我在后面看着他的背影一跳一跳的,感觉他好像袋鼠附体。

其实,高大宝去澳大利亚的目的,既不是为了求学也不是为了生意,他的目的很单纯,就是要去看看。看什么呢?看看有没有他喜欢干的职业。高大宝在国内也不是没有职业,而且还算是高薪,但是他说自己不喜欢,所以想换一换。我们劝他说:"你都这把年纪了,还折腾什么?赶紧生个孩子多好,再老你要生不出来了!"他不以为然,并声情并茂地跟我们讲述他看到的一篇资料,大致内容如下:

在我们每一天的时间里，大约8个小时用于睡觉，3个小时用于吃饭，在剩下的13～14个小时中，职业时间平均会占去大约9个小时。也就是说，在我们有效的时间里，有将近80%的时间奉献给了你的职业。因此，我们必须追求理想的职业。否则，一旦你的大部分时间都处在一个不太情愿的状态下，你的家庭生活和其他生活将都无法逃离厄运。打个比方：过去旧社会里很多男人总是打老婆，这除了他们生性暴戾外，还因为这是个传递链条：在单位里没有处于理想的工作环境下，不是被上头骂，就是被同僚整，心情极度不爽，回家便开始骂老婆，老婆被骂后打孩子，孩子被打后打小狗……

他最后的总结是：以上说明人必须要做自己喜欢的事情，而且我们所拥有的时间就只有那么多，不做自己喜欢的事，未来将要付出的代价也必然更大。对于他这样的论断，没有人敢反驳，但我们几个比较熟识的人却没有一个敢像高大宝那样真的去实践。因此，他就成了我们既羡慕崇拜又替其担忧的人。毕竟，青春易逝，剩下的没有青春的时日还长，当我们没有了青春的激情、步履蹒跚、目光浑浊的日子该如何度过总归还是应该有个打算才好。

我也不止一次地在想，青春是什么？总觉得青春好像什么也不是，又似乎什么都是。就如同一部包涵了所有元素的大戏：既可以是单纯美好的文艺戏，也可以是诙谐搞怪的喜剧，当然也少不了惊险刺激的冒险。总之，酸、甜、苦、辣、咸，将充斥着整个青春岁月。当然，在我这个毫不激进，也可以说并不很懂得抓住青春的且已经自认为与青春渐行渐远的人来说，仍旧更喜欢和谐静谧，其乐融融。

可高大宝不是，他的青春可以用一句话来概括——你要么躲我远点，要么就等着被我碾成相片成为我的记忆。他说，青春不应该是为老年做准备，而是该"春风得意马蹄疾，一日看遍长安花"，行进自己的恣意，让所有人注目，不在意沿途的琐细，风驰电掣地向前，让记忆、回望、悲伤、考量……统统来不及。

所以，他做了很多让我们觉得没有道理、违背常规，但好像还算符合年龄青春的事情。比如，六、七年前，他把四环附近的一处房产卖掉，换了一辆房车，带着女朋友四处旅游，看遍了祖国的大好河山。这与当时刚刚买了房，背负着沉重房贷的我们形成了鲜明的对比。他的理由只有一条：希望自己无论多少年后，也不要拖着一颗沉沉暮年的心去对待一切。

其实，这一次要不是因为高大宝在单位里遭人暗算，他也许还下不了这么大的决心辞掉一份薪水丰厚的工作去勇闯天涯。暗算他的不是别人，而是他的副手。高大宝一心栽培这位马姓的青年，从业务技巧到团队建设，高大宝毫无保留。他的想法是，教会了他，自己就可以轻松了。但是万万没想到这位马姓青年志存高远，并不甘心做副手，于是制造了一起高大宝为了一己私利不顾公司命运的狗血剧，并得到了大多数人包括老板在内的认可。事后，马姓青年找过高大宝，并坦诚相告，说自己的本意并非陷害他人，只是"人往高处走"，他要想往高处走，高大宝这一关他必须得先过，否则他永无出头之日。

高大宝不知如何应答，只能苦笑，说这社会是有很多时候的确不怎么仗义，还好是趁着自己还年轻的时候就经历了。然后，他笑嘻嘻地吟诵道："一觉不知梦如何，平明马急复争春。"

上周我们刚刚为高大宝践了行，再过两三天他就要登上飞往澳大利亚的飞机了。我们也无法想象他到了澳大利亚后的生活该是怎样，但他一定会带着老婆先去看袋鼠，然后应该是东南西北一通游览吧。以他的性格，既然来了，怎能轻易错过？

他说他现在三十六岁，等他到了四十岁的时候就不折腾了，那时候如果可以就生个孩子，把孩子养大。要是生不出来，那就拉倒，但他会考虑买一套房子，给跟了他十来年的媳妇准备一些养老的钱，踏踏实实地工作。我们中有好几个人都撇嘴说他根本消停不了，说不定等六十岁了还是这么个爱胡闹的人。他却摇摇头，伸出右手的食指左右摇晃得跟雨刷器似的说："no，no，no，我现在纵情燃烧，就是为了以后不觉得自己是苟延残喘。你们懂吗？"

我有些震惊，事实也许就是这样，如果年轻时从来没有纵情燃烧过，到了暮年就不免有苟延残喘的感觉。我们这些人眼中所谓的"折腾"，在高大宝看来，根本不是，他心里的折腾是当事情做过之后什么都没有留下，连回忆都没有。而他现在所做的一切，也许没有留下财富和地位，但至少留下了很多美好的回忆，这些回忆是我们这些老实巴交的本分人从来都不可能拥有的。所以，我有些羡慕和佩服高大宝，觉得就应该像他一样才不枉青春……

与其到时候那样，或许真不如这时候这样。

虚度的光阴

不知怎么的，突然就想起大一刚开学时候的场景——第一天报到、交费、领东西、送别家长，第二天就开始到教室里集合。当天，一个带着高度近视镜的辅导员老师早早地就等在了教室里，他让我们每个人都上台介绍一下自己。他的举动一来可以看作是例行公事，让大家彼此熟悉一下；二来大概是因为他也是刚刚毕业的本校的研究生，想要多了解我们一些，以便开展日后的工作。

有什么好说的呢？历经十年寒窗苦，刚刚迈入大学校园的我们，刚刚从成功岭上下来，从某种感觉上来说，就如同多读了一年高中一样。这是我的感觉，我以为大家自我介绍也无非是"我叫某某某"、"来自哪里"等干巴巴的可以从档案里查出来的东西。想不到的是，说得干巴巴的人好像只有我一个。同学们对辅导员相当配合，一个个地上台，都极尽所能地把自己描述了一番。

等同学们的发言都结束后，我有了一个惊奇的发现，我们这些刚刚取得了阶段性胜利的年轻人的言论大致可以分为两类：一类是自己高中时如何如何用功，整日里两耳不闻窗外事，一心只读圣贤书，把大好的青春年华都用在了书本上，对外面的世界一无所知，日后定然要多多参加学校和社会的活动，增长见识；另一类是说自己以前多么的贪玩不用功，在人生的黄金年华里浪掷光阴，今后一定要发奋努力，多汲取知识等等。

让人不解的是，仿佛这些已经从千军万马中杀出重围进入高等学府的学子们心里都有一份遗憾——过去的时光终究有些虚度了。

回忆到此的时候，我突然想起浮士德。他既不满足于书斋里的生活，又不满足于生活的享受，他总是在这两种冲动里奔波，他的痛苦，也正来自于这两种需求无法达到完美的平衡状态。可怜的老浮士德，面对自己一生的学问，在典籍的缝隙里乍一瞥见四月的天空，复活节的歌声也袅袅而来。那一刻，他觉得自己的一生都是虚度的。他希望能够再活一次，他以为如此便可以弥补"可能拥有的种种可能"。可怜的浮士德，学究天人，竟然不知道生命是个蛮横的物种，这个物种只有两面，无论你选择与哪一面为伍，都是浪掷了另一面。所谓"鱼与熊掌不可兼得"。

其时，我虽然干巴巴地只说了几句话，但心里也有和他们一样的感受，觉得自己最美的年华就像一只呆板的木偶，被学习的绳索牵拉押拽。所以，大学的几年，我听了不知道多少流行歌曲，参加了所有愿意接纳我的社团，除了由于经济上的窘困没能来几次"说走就走的旅行"外，留给自己的时间比之前多了不知道多少倍。

然而，"失之东隅，收之桑榆"，我的各科成绩惨不忍睹，毕业找工作时也成了不小的累赘，以至于并没有能进入到很多自己心仪的企业。之后，参加了工作，就更加地体会到了"书到用时方恨少"，只恨自己不能像浮士德一样可以拿灵魂来换取一次重生的机会。假如能够，自己定然是要把日子掰开了揉碎了，一点一滴都用在努力拼搏上，似乎只有那样才算不枉青春，才算是没有虚度光阴。

回头想那时的我和我们，不免觉得有些许的荒唐：竟然傻傻地以为只要换一种方式，就可以将一切扭转过来而无憾了！

又想起小时候在隔壁村子见到的一座牌坊，牌坊由高高的青石条砌成，顶端有雕琢细洁的浮饰图纹，不施粉彩，通体干净素雅。小孩子不懂得这牌坊的来由，只把它当作我们集合玩耍的重要地点，我们常说：到大牌坊去玩。大牌坊矗立在两个村子的交界处，那里除了有大牌坊，还是谷场地，正适合孩子奔跑嬉闹。大人们看见这牌坊却总不免要谈论几句，慢慢地，有一两句也飘进小孩子的耳朵里。于是，我们知道，这是某个女人死了丈夫再不改嫁的标志。也隐约得知，当年那个贞烈的女子曾经获得了无数的称赞和荣誉。我们小孩子家，自然不懂这嫁与不嫁的区别，只是不由自主地对那座早已字迹模糊的贞节牌坊多了一丝敬意。

当年老一辈人在赞叹这位贞洁烈女的同时也常常发出的那句感叹——可惜啊，才二十出头竟守了一辈子寡！小时候不知道他们在"可惜"什么，如今知道了，那可惜的内容便是生活的乐趣。

青春的岁月何尝不是如此？选择了一面就必定丢失了另一面。只因为青春太过完美，太过让人心爱。如同孩子手里的一颗糖果，放在嘴里吃掉觉得明天就没有糖果了很是可惜；放在高高的柜子里不舍得吃又担心被虫子蛀掉，也是可惜。所以，青春就像猪八戒照镜子，无论怎么做都有虚度的遗憾。那么，干脆别去理会了，或者干脆反过来想一想，无论你是拼命地用功、拼命地游玩，或者拼命地钓鱼、谈恋爱，不都恰恰是让另外一些人遗憾自己没有做的吗？

可是，青春的光阴真的是这样吗？我并不确定。毕竟，虽然我已经站在了而立与不惑之间，但对于青春，或者说生活，仍旧不过是一个欲有所辩却又语焉不详的懵懂之人。而且，我很多的话其实也只是想安慰自己，很怕误了他人。

第三章

那时，我们不怕相爱

相爱就像是一只近在咫尺的洋葱头，总是散发着独特而辛辣的味道，忍不住剥开它紧黏的鳞片时，常会让我们泪流满面。还好，那时我们不怕。

和平分手

人这一辈子，有些想记住的事偏偏忘得一干二净，有些不经意的所见却印在脑海最深的地方，只要稍微与之有点关系的场景就能把它牵拉出来。

中午看电视，刚一开机，电视里就传来一个女人歇斯底里的哭天喊地的叫骂声，接着一位男士恶狠狠地说："你这个泼妇，爱咋咋地，反正我是不过了！"然后摔门而去。接下来的剧情并无反转，两人互泼脏水，一副不将对方搞到声明狼藉、体无完肤，便不能体现自己的理所应当和对方的罪有应得的样子。总归，就是不能相处，也不能安然离去。

这样的电视场景并不少见，现在的电视剧，大多离不开男女的情感纠葛。无论是何种题材，无一例外，尤其是生活类，没有几场分分合合就不能为电视剧。这当然是为了增加节目效果，倒也无可厚非。

只是我又不免想起在我领结婚证的那天碰到的两对去办理离婚手续的"劳燕"。其中一对儿年轻，女人冷若冰霜，男人则哭红了眼睛，不知道究竟男人犯了多大的错误，或者女人又遇到了多好的男人，令她如此决绝。另一对儿年长，两人平静如水，各自询问对方所需的证件是否带齐，就连坐下来签字的时候，男人还体贴地为女人把凳子向外拉了拉。

我看到民政局的办事人员并没有向电视上演的那样进行什么调节，只是淡淡地问："想好了？"两人都说"想好了"，她便收了红色的结婚证，又拿出绿色的离婚证，就是当年所谓的"红本换绿本"。现在好像不时兴绿本了，结婚证、离婚证都是红色，只是结婚证上的字为烫金，离婚证上的字为烫银。不知道是不是寓意离婚已经是非常平常的事，只在字色上区分，用以体现人文关怀，避免感情色差。

一段感情的开始自然都是甜蜜的，而结束却未必都意味着苦涩。想起敦煌莫高窟出土的唐人的"放妻书"（大致相当于今天的离婚证书），用词之浪漫，心胸之开阔，叹为观止，不妨摘录：

盖说夫妻之缘，伉俪情深，恩深义重。论谈共被之因，幽怀合卺之欢。

凡为夫妻之因，前世三生结缘，始配今生夫妇。夫妻相对，恰似鸳鸯，双飞并膝，花颜共坐；两德之美，恩爱极重，二体一心。

三载结缘，则夫妇相和；三年有怨，则来仇隙。

若结缘不合，想是前世怨家。反目生怨，故来相对。妻则一言数口，夫则反目生嫌。似猫鼠相憎，如狼羊一处。

既以二心不同，难归一意，快会及诸亲，以求一别，物色书之，各还本道。

愿妻娘子相离之后，重梳蝉鬓，美扫蛾眉，巧逞窈窕之姿，选聘高官之主，弄影庭前，美效琴瑟合韵之态。

解怨释结，更莫相憎；一别两宽，各生欢喜。

三年衣粮，便献柔仪。伏愿娘子千秋万岁。

于时某年某月某日某乡谨立此书

这样的离，虽也有万般的无奈和遗憾，但若说是一场情深义重的送别也未尝不可。既然不能两生欢心，不如一别两宽。

正如我心里一直将其奉为范本的葛叔和黄姐。葛叔和黄姐相差十七岁，都是我早前的同事。我那时刚进工厂，尚且不懂职务之别，见到年长的男工友就叫叔，稍大的女工友就叫姐。我认识他们时，他们已经是单位的风云人物了，原因是被称为"葛世美"的葛叔正在与发妻闹离婚，为的是要迎娶黄姐入门。黄姐并不妖媚，她只是喜欢听葛叔拉二胡，常在周末和葛叔一同参加一些业余的社区范围内的演出。

葛叔家的葛婶也好，家里家外都照顾得妥帖，唯独性情暴戾，一哭二闹三上吊这都不值得提，据说还不止一次抄了菜刀要跟葛叔拼命；尤其不喜欢葛叔拉二胡。只要葛叔拿出二胡，她便总是要说：

"整天拉那玩意儿当饭吃啊?跟哭丧似的,不嫌丧气得慌,要拉外面拉去,谁爱听谁听,反正我不听……"葛叔从不反抗(也或者反抗过,但终究抵不过葛婶的嘟囔和唠叨而选择了妥协),默默地拿了二胡到外面拉,找外人听,在外面寻点二胡的乐子。

但直到离婚葛叔从没说过葛婶悍妒、泼妇之类的话,他总说:"她是个好女人,持家是一把好手,是我不好……"

在我看来,葛叔除了人好之外,的确没有什么可以拿得出手的地方了。而黄姐还是个黄花大闺女,技术、人品、外貌、家境都很好,相亲的人排了几条龙,但都没入黄姐的法眼。所以,黄姐嫁给葛叔得算是下嫁,家里家外的反对声可以借用一句歌词——颠颠又倒倒,好比浪涛;但黄姐的态度也可以用一句歌词概括——有万种的委屈,付之一笑。要不说爱情就是这么个邪性玩意儿,越是不被看好,就越是要往一堆儿凑,天打雷劈也不怕。

然后,他们终于在我参加工作后不久的某一天,具体说来应该是葛叔离婚后的两个月结婚了。婚礼很简单,就在单位附近摆了几桌酒席,邀请了为数不多的好友,家属亲人则一律未参加。我当然也不在其列,算是老一辈对新生代的疼惜,让我省几个份子钱。不过后来,葛叔给了我几块喜糖,我说"祝贺葛叔"。葛叔笑笑,点了几下头。

不过世间的事总是出人意料,我在那家单位总共三年的时间,见证了葛叔的婚姻从离婚、结婚,再到离婚的整个过程。也就是说,两年多的时候,葛叔和黄姐也分道扬镳了。这一次,不是因为二胡,而是因为黄姐和葛叔有很多生活习惯以及对待事物的观点相左。黄姐年轻,喜欢打扮,喜欢和同龄人打打闹闹,葛叔有些看不惯;原来的葛婶生的孩子常来葛叔这里闹腾,黄姐也不耐烦。一来二去,两人甚至于看电视都可以争吵起来。

时间是把杀猪刀。说这话的人真是睿智,它的利刃你尚且还没看见,它就已经三下五除二将你的心肝脾肺肾,以及胃、胆肠、膀胱都一一剖解出来,晾晒在大街上,人人都能轻而易举地看出你的丑来。当黄姐逐渐觉得葛叔并非自己想象中的神仙眷侣时,毅然选择离开。空荡荡的屋子里,就只剩下葛叔的二胡悠悠地飘出来瞎子阿炳的《二泉映月》,既没人责骂,也没人欣赏。

就在大家都指责黄姐破坏了葛叔的家庭又弃他而去时,葛叔开了口,他说:"你们不要怪她,日子原本就是两个人过的,过不到一块儿也不是一个人的问题。大家都不开心,还不如各走各的路,哪怕有一个人从此过得好也总比两个人都别别扭扭一辈子强不是?"

也许葛叔从来没有读过莫高窟里的《放妻书》,但他却深知婚姻的精髓——相悦则过,相恶则分。与其大张旗鼓地宣扬那人的不堪,不如替她遮掩,这样至少彼此见面不至于义愤填膺,也不至于被人说"谁让你瞎了眼呢"。

天下第一爱情高手——葛叔也。

孤独一生，不负我卿

如果一个人的生命是海，总会有些浪花被遗忘，而后没入海底，终于在某一天成为偶然打捞上来的沉船宝藏。它们也许是一些事，也许是一些人，你可能会觉得一切都已然模糊，但终究不会消失。无论它们何时捧出来，都能让人一激灵。

就像猪头对秋露的爱情。

猪头，是我偶然认识的朋友。说是朋友也未必算得上，不过是在一次同行聚会时坐在一起聊了十几分钟，之后在网络上保持一定联系的情分而已。第一次见面时他便风趣地介绍自己，说自己头脑笨，有时又认死理儿，让大家叫他猪头好了。

饭后，大家自由交流，各种羡慕、崇拜、敬仰，以及一定拜读、请不吝赐教等词语将十几平米的包间塞得水泄不通，令人窒息。与此同时，我偏偏又是个怕生的人，总是不能自然地找个话题与人闲聊。我身旁的人大约一早便察觉了我的无趣，都各自去找他们心目中的骚客或取经或交友去了。只有我傻傻地呆坐着，又恐怕自己显得过于蠢笨或是孤独，终于给自己找了个差事——将我吃出来的那些厨余垃圾——捡入盘中，堆放整齐，拿纸巾将盘子边缘擦干净，又将擦过盘子得纸巾叠整齐，再用新的纸巾将它们盖起来。我做得很细致，连一根鱼刺也不放过，一来可以打发这不知如何处置的时光，二来也在此期间暗自不断给自己打气，希望将盘子收好的时候能够站起来走到任何一个人的身旁，大大方方地说声"嗨"。

正当我憋红了脸，要强迫自己站起来时，猪头走了过来，拿着一杯饮料，坐在我身旁的空位子上，笑着说："你是处女座的吧？"

"你怎么知道？"我满面惊喜，总算有人体谅我的尴尬了。

"大概只有处女座的人才会细致到捡鱼刺……"

"你很了解处女座的人？"

"当然，我的女……一位女性朋友就是处女座的，她吃完饭也是这样，而且她干什么都是这样。记得小时候我们一起去田里玩耍，她采了一朵黄色的野花，硬是让我想办法把花瓣上的一个像半颗小米粒大小的黑点擦掉……"

我承认我终究是个不能脱俗的"三八"，瞬间对他的改口以及"女性朋友"产生了怀疑，并不知深浅地立刻问猪头："女性朋友还是女朋友？"

"可能都不是吧。呵呵，你可真敏感，简直是处女座的典范……"

他没有直接回答我的问题，而是喝了一口饮料，往下咽的时候眼光望向窗外，皱了皱眉，还用力地抿了一下嘴，那感觉不像是喝饮料，倒像是喝了一杯苦酒。我隐约中感觉他是一个有故事的人，不然为什么喝一口甜甜的饮料也能喝出酒的愁闷？

在之后的大约一个月左右的某一天，朋友圈里突然蹦出来晒出了几张刚刚出生的婴儿照片，那是猪头刚刚出生几天的孩子。随后，朋友们的祝贺之辞铺天盖地席卷而来，而他则一一回应，初为人父的喜悦洒得到处都是。

我还是拗不过处女座容不得含糊的脾气，终于鼓起勇气小窗猪头，假意装糊涂地说："你都结婚了还不承认女朋友的事？"

他过了两三天才回复了我的消息——她们不是同一个人。

我独自杜撰了他的爱情故事，但总觉不够完整，于是买来他写的书，书里有一个完整的凄美的爱情故事，故事里的女子叫余秋露，男子叫朱大伟。

余秋露和朱大伟是同村的伙伴，同年同月生，一同上学，坐在前后桌，放学的时候也一同回家。回家的路上要路过一片水田，水田的垄上常开一些不知名的黄色的小花。秋露喜欢，大伟便奋不顾身去采，为此掉到水田里弄得满身泥浆的事总有三五次。大伟不怕湿，不怕凉，不怕被小伙伴嘲笑，也不怕被大人训斥，只怕秋露说"这个花瓣上有黑点"。

中学时，两个人还是同班，但学校更远了。所以，大伟每天都护送秋露上学和回家。难道他们没有其他的同村的伙伴吗？当然有，只不过这么多年来，没人愿意生生地往两人的缝隙里钻。大伟一家人都老实本分，秋露的家人也倒放心。这种默许在两颗懵懂的青春少年的心灵里如同发酵剂，把那种酸酸甜甜的感情酿得越发恣意。

然而，时光有多美好，就有多疯狂，它使孩童在转瞬间就成长为少年，又敲打着少年离开家乡，去远方求学。秋露读了英文系，大伟读了文学系，两人开始了鸿雁传书的日子。任凭学校里有那么多青春洋溢的女孩在大伟的身边欢快地跳跃，大伟却始终熟视无睹。初恋，如同大伟一生都无法解开的魔咒。他常常会在清晨、黄昏的每个时段想起秋露，会在雨天、晴天惦记秋露。他总不能忘记在故清晨的稻田里，有一个女孩站在垄沟上，风吹树，树上有雨落下，淋湿她的发梢和她的开满了小花的裙子。

大伟很优秀，在大学二年级时就曾不止一次地走上学校的领奖台领取各种令人艳羡的奖项，他也一度成为那所学校里所有女生心中的白马王子。然而，对于大伟来说，所有的美好都抵不过暑假前到秋露的学校，接她一起回家。才子钟情佳人，佳人爱慕才子。

这对才子佳人在两所学校里传为佳话，他们也时常构想着将来在那一座城市生存，买多大的房子，墙壁刷成什么颜色，孩子取个什么名字。

没错，与一切小说一样，相爱的男女到了谈婚论嫁之时，女方家长突然张牙舞爪地站出来，棒打鸳鸯。理由无非是大伟毕业时不过是一家图书公司的小编辑，每个月不过两三千块钱，而秋露进了一家翻译公司，月薪六千，这是其一；其二是因为大伟是家里的长子，下面还有三个上学的弟妹，以后落在他们肩上的负担可想而知。还有其三，有人给秋露介绍了县城税务局的公职人员，铁饭碗，又有油水。

几经抗争，终于还是敌不过秋露父母一哭二闹三上吊的威胁。

这种事情并不少见，尤其在农村，哪家父母不想为自己的女儿过上一个好日子呢？

他们虽爱，但中间横亘一条河。这河比银河还不是东西，王母娘娘拔簪划河，到底还让牛郎织女年年鹊桥相会。而他和她，隔河相望，却无法渡过。

小说读到这已经到了尾声，再有两三页便是大结局。我猜想，结局不外乎如下可能：一种是顺从，一种是私奔，还有就是殉情。我总感觉整个故事就是他自己，然而看猪头的样子，他们并没有选择私奔或是殉情。因为这两种选择并非易事，让两个懂事的孩子完全放弃的各自的家庭，尽管以爱的名义，仍旧有失妥当。

接下来，第一种结局顺利登场。在小说的最后，大伟给秋露写了一封信，信中说：哪怕秋露嫁了别人，她仍然是他心中最美的新娘；哪怕有一天他也娶了，但仍能听得见秋露的召唤。

我凭直觉判断，朱大伟就是猪头，秋露就是那个与妻子不是一个人的女朋友。尽管猪头娶妻生子，但在他内心的某个角落却始终是孤独的，除了秋露，再没有人能够填满。

我想起林语堂的一段话来：

于女人来说，青春时节曾被几个男子爱过或许并不值得骄傲，骄傲的是，是否有那么一个人，虽不能白首偕老，但他将她放在心间一辈子，如印记。若能得这么一人，此生足矣。

于男人来说，一生爱过几个女子或许并不重要，重要的是，是否有那么一个人，无论何时何地想起都满心欢喜，想去见她，就像红蜻蜓想望见油亮绿草，有着小松鼠穿梭树林的轻松。这有多好。

爱，或许无须计较在一起时有多热烈，单看不在一起后，能否爱如当初。隔了迢迢山迢迢水，你知她在那儿，她知你在这儿。好好地活着，美好相望，而不是从此陌路，相忘于江湖。

没什么说的，就是这样。

如果旧爱可以修复

如今这个快速的时代，已经很少有人再去修复什么东西了，坏了换个新的已经是很多人崇尚的坏习惯。比如一部手机，坏掉了，去修，要花上至少五、六元，那还不如直接买新的；比如一台电视机，要去修理，先要找厂家联系售后服务，然后家里留人等待上门维修，维修的费用先不用说，单单是你找厂家、打电话，在家等待的时间也快抵得上一台新的电视机的价格了。既然如此，我们为什么非要耗神费力地去修复呢？

可是，有些东西得来得珍贵，丢掉便会觉得可惜，即使换了新的，也还是对旧的念念不忘。

刚上高中的时候，从家里拿了一把锁头，绿色，个头如一小块绿豆糕，侧面有钥匙孔。因为用的年月久远，有些地方已经磨掉了绿漆。更可证明其年岁不小的证据是，尽管是十分精明的母亲在用，但还是只剩了一把钥匙。开学的第一天母亲为我收拾东西，拿了那把锁给我。因为通知书上已经写了，学生宿舍是八人间，每位学生配备一个可以上锁的小柜子，用以存放个人的日常用品和财物。

我报到时去的还算早，占据了一个下铺，以及挨着我的床头的柜子。我将一些日常换洗的衣物以及一些零用钱放进柜子里,用那把绿色的锁头锁住了所有我认为贵重的东西,然后无比踏实地去食堂打饭,去宿舍楼下面的小卖铺里买牙膏、脸盆、毛巾等生活用品。

之后,那把绿色的小锁头如同一位忠实的看家奴,为我守护我所有的东西,也包括记载了我青春年月里动荡不安的少女情怀以及为自己的前途忧虑的第一本日记。

只是,那把锁只有一把钥匙,我终于在某一天弄丢了它。万幸的是,那一天我忘记了给柜子上锁。于是,我拿了锁,到学校门口唯一的一位可以修锁、修自行车的老人那里,请求给这把锁配上一把钥匙。老人家和蔼,说:"孩子,我给你配上一把钥匙怎么也得五块钱,你还不如直接买把新锁,也超不过这个价,还能顺带三把钥匙,这样你还省了钱。"

言之有理,我就在他那买了一把新锁。这把新锁是粉红色,大小也如绿豆糕,自带三把钥匙,花费四块钱。我拿着新锁回到宿舍,一位粉红色的"卫兵"从此值勤站岗,代替原来的"绿衣守卫"。我将三把钥匙拿出两把放在不同的地方,只留一把在身上带着,以备下次丢失还能开锁柜子。大约两三天后,我突然想起那把已经在我的家里效力十来年又跟随了我半年之久的老锁头,想起母亲把它交给我时说:"带这把锁吧,咱家就这把锁还好看点。"我又有些怀念,于是经过修锁老人的跟前时便往他的一推车横七竖八放置着的修锁、修车用的工具以及各色新旧锁头和一串串等待被人选中邀其成为家里某把锁头的"小妾"的空白钥匙。

虽然，老人家的车上纷乱无比，我还是一眼就看到了我的绿锁头。它已经被修锁的老人配上了三把新的钥匙，安静地缩在一堆锁头当中。我问老人，这把锁能不能还给我，他说他已经配了钥匙，要拿回来得给他五块钱。这与他当初说得一样，算不上讹诈或是欺负我。我又有些犹豫，看了看，放下，去了教室。但那天下午的课我都有些心不在焉，总惦记着那把绿色的老锁头。终于，在放学时候，从衣服里掏出已经被我捏皱了的一张两元的和三张一元的人民币，从老人家手里将我的大绿锁头赎了回来。尽管后来我一直用着那把粉红色的锁头，但有了大绿锁头躺在柜子里，心里便踏实了许多。如同被自己弄丢的爱人，经历千辛万苦终于找她回来，不管日后要怎样走下去，总之在一起就是好的。

可是，旧爱若已残破，还可以修复得好吗？千辛万苦寻找并试图修复的人会认为这是好的，而原已支离破碎又被修复的那一位却未必这样。她也许找不到比被修复更好的出路，但心里的裂痕却是无论如何都抹不掉的了。

小芊是在自己为弋阳流产之后的第29天发现弋阳的苟且之事的。苟且的对象并不比她美，也不比她有能力，家庭也不过如此，基本上除了可以在小芊流产的那一个月里帮助弋阳解决生理问题外，样样不如小芊。小芊为此悲痛欲绝，她不明白自己在遭受流产之痛时，弋阳为何还能有如此心情。她感觉与弋阳三年多的情感一夜之间变得什么都不是，连风流也算不上。她绝望地哭闹，对弋阳大喊："你他妈的还不如个长臂猿，长臂猿从一而终，一旦结合，便分割领地，各自成家，猿啼相闻老死不相往来。你他妈的这么多年算是白进化了！"

可是，要真的从此与弋阳分道扬镳她又有一万分的不舍，何况弋阳也痛哭流涕地百般忏悔，并当着小芊的面和苟且的对象明确断绝了关系。

小芊的朋友也劝小芊，说弋阳不过是荷尔蒙分泌过盛冲昏了头，犯了男人最容易犯的低级错误，而且也就那一次，还不是弋阳主动的。小芊招架不住众人的劝说和弋阳的哀求，更招架不住自己对弋阳的不舍，终于还是在两年后和弋阳领证结婚。两人婚后的生活美满无比，弋阳对小芊和孩子的疼爱简直到了无以复加的地步。小芊也常常沉浸在旁人艳羡的目光里。

然而，伤好了也还是会留下疤。小芊说，虽然六年已经过去了，但她每次看到或听到"外遇""出轨""婚外情"这类字眼，心就疼到不能自已。她去找心理咨询师，用各种方法试图让自己忘掉过去，却毫无用处，她依然清晰地记得所有的一切，甚至每一个细节。她曾经哭着说："我们的婚姻就像一只玻璃瓶，曾经破碎过，被弋阳一点一点接起来，连一个细小的玻璃碴都不曾落下。如今，它看起来是一只完好甚至完美的瓶子，既实用，又好看。可是那些裂缝啊，只有我自己知道。弋阳或许早已忘了，但我却忘不掉……"

　　爱情总是充满矛盾，特别是当一段爱情有了裂痕，狠心甩手丢弃，也许会成为一生的遗憾；将它细心修复，再次接纳，也许又会成为一生无法释然的心结。所以，修与不修，复与不复，都没有该与不该的定论，各自思忖，各自量度吧。

一碗热干面

开学的第一天,魏小敏吃了一碗武汉热干面。这碗热干面是她生平第一次品尝,香得她目瞪口呆、刻骨铭心。离开面馆的时候,她几次回头,为的是记住这家面馆的招牌和门楣,不至于走错。她一边往回走,一边在心里默念:襄阳记,黄底红字的招牌,玻璃门,右边是药店。

那天,魏小敏早早地就到了学校,接待她的是她的上一年级的老乡,帮她拿行李、交费、去领床单被褥、找宿舍、安排她铺好床、带她去水房打开水……而这些我们只能自己和家长自己做,因为我没有老乡带领,那一天差点羡慕死我们。

但是后来,听魏小敏说,那一天她其实都快要哭了。哭的原因不是感动,而是太饿,老乡一直热情地向她介绍学校的各种情况,却一直不提早起见到她时说的"一会儿带她去学校周围最好吃的面,他请客,算是给师妹接风"。

一个"请"字,让魏小敏一直不敢提吃饭的事,尽管她已经饿得大汗珠子都嘀嗒下来。中国人的饭局有意思,大凡有人请的时候,如果东道主不说开吃,被请的人是绝对不能催促的,哪怕你饿得虚脱倒地，或者气愤到拂袖而去也断断不能"要饭"来吃，这是忌讳。

　　魏小敏也只好忍着。一直到日过正午，这位老乡总算事无巨细地将所有他能想到的东西都填鸭似的塞给了魏小敏，才带着她去了那家并不算显眼的小饭馆。小饭馆也没有那么容易到，从学校东边的墙窟窿（学校十二点要锁大门，那些半夜未归的学生为了方便就拆了距离门卫最远的东墙）里钻出去，又七拧八拐地走了十多分钟才算到站。一路上，魏小敏在心里抱怨了不知道多少次，她恨老乡干吗非要将那么多事都在饭前告诉她，日后不行吗？她觉得老乡脑袋里缺根弦，不知道人到了中午肚子会饿吗？她连看见路上叫卖的商贩都觉得可憎，仿佛那些吃食都在有意嘲笑她干瘪的胃囊一样。

　　魏小敏终于将酸痛的身体坐在了四条腿的凳子上，此时的她顾不上淑女风范，将两只手悉数放到桌子上用来支撑她沉重的头颅。老乡对着柜台里的人说："老贼，两碗热干面。"魏小敏定睛看了看这位"老贼"，不是她在一瞬间想到的贼头贼脑的模样，倒是很干净利落，甚至有点帅气。等待的间隙，老乡告诉魏小敏，老贼原是他们同班同宿舍的同学，为了女朋友和人大打出手，对方背景颇大，直接就逼得老贼退学了。

　　退学的老贼不甘心就此回家，于是苦求家里凑了十万块钱，开了这个"襄阳记"。正震惊的魏小敏突然闻到一股子面香，老贼亲自端了面送来，魏小敏抄起筷子就吃，老乡的面还没下去一半，她的碗就已经见底了。

"老贼,给我老乡拿点瓜子来,我还得吃一会儿呢。"老贼笑意盈盈端来两盘,一盘葵花子,一盘西瓜子。葵花子是清炒的,寡淡无味;西瓜子是话梅味的,有些酸,但更多的是甜。魏小敏很喜欢吃,她一边吃一边终于抬起了头来。

人一旦吃饱了饭,就会对世界有新的认识。她看到这家小店面积很小,不过二十平米,但来吃饭的人总是络绎不绝;她还发现,几乎每一个来这里吃饭的人都与老贼很熟悉,他们在结账的时候常会喊一声"老贼,钱放这了啊",老贼应一声"好嘞",就各行其是。另外,她又多看了两眼老贼,老贼身材很魁梧,头发很短,眼睛不大却有神,身上穿的衣服很随便——过膝的牛仔短裤、海军条纹的T恤衫、没穿袜子的脚在一双咖啡色的皮凉鞋里倒很干净。总的来说,给人的感觉还算清爽。

之后半年多的时间里,魏小敏带我们宿舍的所有女生都去"襄阳记"吃过武汉热干面。在这期间,她的老乡总是在最恰当的时候给魏小敏送过来最最恰当的关怀,比如考试的复习资料、电影的免费票、各种不明来历的零食等,后来就又夏日的冰淇淋和冬季的手套围巾以及雨中的伞和风里的大衣。只是,魏小敏最喜欢去的地方仍旧是"襄阳记"。

她常会一个人去吃面,也常会在我们想要一起出去吃饭的时候提议去吃热干面。在"襄阳记",老贼与我们的话并不多,只是微笑着端上几碗面。在面将吃完时,赠送葵花子和话梅味的西瓜子。有一次,魏小敏对老贼说:"怎么今天还送葵花子呢?我自己来的时候你只送我西瓜子的!"老贼呵呵一笑说:"你不吃别人吃啊。"

一转眼的时间,四年就过去了。我们都要收拾行囊各回各家,各找各妈,然后等待着奔赴人生第一个工作岗位。魏小敏最后一次去"襄阳记"是我陪着的,我本不想去,因为热干面对我并没有很强的吸引力。但她说"再去一次吧",我也便答应了,权当是再去回忆一下这四年来我们在这家小饭馆里挥霍掉的时光,尽管我知道魏小敏并不是这个意思。

老贼端着两碗面送过来的时候说:"该走了吧?"魏小敏立刻抬眼看了老贼一下,又迅速低下头说:"嗯,今天晚上。"老贼点点头,接着去招呼其他客人。魏小敏一直低头吃面,我分明看见她眼里有晶莹的泪光,她总是在眼泪快要掉下来的时候把头扭向窗户,眨一眨眼,再继续吃。那顿饭吃得出奇地慢,我终于熬不住去了卫生间。我再回来时,魏小敏已经起身,将十块钱放在桌子上,说:"老贼,钱放桌上了。"老贼像往常一样应了一声"好嘞"。

我看见魏小敏的手里有两包西瓜子,她笑着说:"你去卫生间的时候他给我的,这包给你。"我接过瓜子,又塞给了魏小敏。因为我知道这瓜子于我来说就是瓜子,对魏小敏来说却不一样。

毕业五年的时候，去魏小敏的城市出差，我们又提起"襄阳记"，她说临走的时候她给了老贼一张明信片，写了一句话——襄阳记里是我四年来最美好的时光，还留了地址。但却一直没有收到老贼的回信，她就一直等，一直等。她说她冥冥中有一种直觉，老贼早晚会给她寄来的只言片语，也许是一张贺卡？也许是一封长信？不知道，但她说她还是会等，一直。

有些爱就是这样，并未深交，但却难忘。它也许永生不会开花结果，却永远存在于你的日子里。

几个关于爱情的关键词

实话说，作为一个结婚十多年，并且即将要成为两个孩子的妈妈的女人，我已经有很长的时间无暇顾及什么是爱情了。但作为女人，我依然保留着一些对于爱情不自觉的思考，尽管仍旧想不明白，有一些爱情里面的主题或者说话题也还是有些想法的。

一、彼此的改变

恋爱之前的我属于绝对有个性的人，不愿意讨好别人，放学了也常一个人走，玩自己也不会硬粘上谁一起去上。那个时候，学习成绩、日常表现都属于中等偏下的水平，也不知道是哪里来的那么强的存在感。

后来恋爱了，心思一下子细巧起来，学会了折幸运星、折千纸鹤，还很体贴在他生日的时候送睡衣，并且自己在心里盘算好要送的礼物的说辞。比如送九十九只千纸鹤代表长久，送满满一罐子幸运星代表祝福他幸运满满，送给他睡衣表示我一直在你身边。

结了婚之后更不得了了，每天琢磨他晚上下班该吃点什么，一要照顾他的胃口，比如他要吃炒米饭的话小香葱一定要在快出锅的时候放，又比如胡萝卜他爱吃比较软的；二来，还要考虑营养均衡，比如中午他吃了米饭，那么晚上我尽量做些面食，或者他早晨中午没有吃到鸡蛋或是瘦肉，那么晚上需要稍稍补充一点。所以，我时常会在下午发信息问他中午吃了什么，即便自己也觉得有些麻烦，但能够忍住不问的时候仍旧是少数。

如果两个人真的爱了，那么改变就绝不是一个人的事情，另一个人也会为你改变。他会因为你说"下辈子情愿做你的手机"的醋话而将看手机的时间与蹲茅坑合并；会因为你辛苦打扫了地板记得进屋马上换掉鞋子，不肯穿着皮鞋在屋里多走一步；会因为偶尔出门时吻了你而又看到了你欣喜感动的模样，之后每次上班前都会在你的额头或是嘴唇亲一下……

但改变最好是两个人的，否则改变的一方就会一腔怨愤，终至不能愉快地相处下去。

二、争吵

从小到大，一概有关智商的问题都是通过各种题目来证明的，因为我们笃信试题不会出错，公式不会出错。如果自己的分数不够高，首先想到的要么是自己不够聪明，要么是自己粗心，从而平静地接受了自己的低智商。

但是，面对爱情里的争吵，很多人虽然口口声声说"勺子总会碰锅沿"，可勺子真的与锅沿碰上了却从来不肯接受是自己错了，且一定要怒气冲冲地反问"你怎么这样"。

爱情里有争吵再正常不过，试想两个家庭出身、教育背景以及诸多方面都原本没有交集的两个独立个体要完成一个彼此相容的过程，哪里那么容易？你不仅需要鼓足勇气接受一个陌生人睡觉打呼、吃饭吧唧嘴、脱袜子搓脚趾等各种习惯，而且还要完完全全的暴露自己的一切行为举止、思想灵魂（因为你无论如何也掩饰不了太久）。爱情，就似乎变成了一场心理战，你既要面对自己，尝试接纳对方的所有，还要用最大的诚意和耐心让对方也能接纳你，从而化解大大小小的争吵，这便需要一种极大的能量。

有些人能量有限，争吵时一味盯着对方本身，责怪他（她）不懂事，于是越吵越凶，一栋爱情的房子今天掉一根木头，明天掉一片砖瓦，用不了多久就支离破碎；有些人能量很大，争吵时能够就事论事，想的是事情本身，找到问题的根源，在被毁坏的木桩上钉一个钉子，天长日久，虽然样貌难看，但因为日日修复，所以最终坚不可摧。

三、考验爱情

很多人喜欢考验对方是不是真心，比如高富帅，隐藏不了高和帅，就隐藏家底，考验对方是爱自己还是爱自己老爹的财产；比如女人，原本对方很合自己的胃口，却要弄个假网名来勾搭对方，来考验他会不会劈腿。

其实,原本考验这个词应该算得上是个中性词,但你非要拿它来测验恋爱,它就会变质变味。因为事实证明,只要一跟"考验"挂上钩,或者说得精确一点,只要你一门心思、不知悔改、毫无限制地考验下去,那么你们之间的结局多半是完蛋。

理由很简单,要考验就说明你自己不自信,觉得自己可能配不上他(她),于是一定要证明自己真的配不上他(她),而他(她)却还死乞白赖地跟着你,于是越想越不对劲,最终你觉得只有"沙杨娜拉(再见)"才是你和他(她)最正当的走向。或者,如果你足够自信,就说明你不够信任他(她),对爱情对对方还存在一些疑虑。于是,你用尽各种办法不断的试验,来证明他(她)的确不够爱你,比如,你的电话没有及时回,你爱吃的东西他忘了给你留,你不在的时候他多看了别人几眼……最终,你得到结论——之前的疑虑一个一个都竟然是真的!所以,你也觉得只有"沙杨娜拉(再见)"才是你和他(她)最正当的走向。

关于考验,得记住那句话:千万别考验爱情,因为爱情根本经不起!

四、好听的承诺

恋爱的时候都喜欢听他的承诺吧!

"我保证以后决不对其他女生多看一眼。""山无棱,天地合……""我对天发誓,今生只爱你一个……"

当我们听到这些话时,总不免会畅想着两个人从此牵着彼此的手,一路走到白头,直到自己的手已经形同槁木,他仍然会像他当年说的那样"不舍得放开"。多美。

可是,如果有一天,他突然说"对不起,我不爱你了",你会不会流着眼泪对他大喊:"你说过永远爱我的,你说过你会牵着我的手到老的!你说过……你说过的!"

你以为他忘了吗?没有,他当然记得他的承诺,他只是做不到了,所以其实用不着你声嘶力竭地去提醒他。就好像你把钱借给了一个陌生人,当时那人信誓旦旦说一个星期就会还给你。可是一星期之后,他绝口不提,你甚至不见了他的踪影。他不是忘了他说的话,他只是没有能力还给你或者他不想还给你,此时,我们有什么能力追讨呢?

承诺也是一样啊!有过承诺的爱,总比连承诺都没有的爱要美,然而你一旦去追讨,承诺就变了味道。所以,只把承诺当作美好爱情的一部分吧,它的时效性只在那一时那一刻。我们只用心感受耳畔响起承诺时那个人曾真心想为你做点什么的真情就好了,不要期盼承诺可以延伸到很久远的以后。因为,明天的世界,不在你的掌控之内,也不在他的掌控之内。如果那个人真的做不到了,试着别去追讨,否则当你拿着一句承诺与那人对质时,连身边的景物也会觉得尴尬,如同它们做了伪证一样。

五、爱情的结局

结婚之前,我以为爱情的结局不外乎两种,一种是分,一种是合。分是因为两个人不能彼此相容,心生怨隙,各自走好,各自欢喜;合是因为两个人能够相亲相爱,把对方当作自己一样爱着,于是牵手前行。

可是,爱情就这样了吗?它真的有结局吗?现在牵着的手未来会永远不松开吗?此刻的"合"能代表一辈子吗?怕也不能吧。

即便结了婚有了小孩,两个人的爱情也尚未结束。因为爱是一辈子的事情,不到闭眼的那一刻,都不能说爱情的结局是什么。我们能说出来的不过是承诺或是猜测罢了。

所以,如果遇到一份心仪的爱情,一定要用一辈子的时间去珍惜。

第四章
感谢自己 爱上孤独

世界那么大,我们那么小,除了学会相处,更要学会独处。当你知道去哪里买一人份的香槟,哪个店铺有只属于一个人的角落,学会在失恋后带着眼泪叫一份外卖,能够享受一个人旅程。那么,你应该对自己说一声谢谢。

谁懂谁的心

　　生命中那么多擦肩，相守的能有几人，岁月里那么多并肩，相知的又有多少。生命匆匆，谁能读懂谁的心灵，岁月漫漫，谁能解开谁的心音。这个世界，即便是骨肉至亲，彼此可以拥有相似的形体，可以时时事事为着对方考虑和贡献，但却从来不能拥有一颗彼此真正了解的心灵。

　　去年暑假，实在熬不过北京的炙烤，便带了儿子回老家避暑。虽然与北京并不遥远，但因为家在农村，土地开阔，满眼绿意。高大的白杨总能给行走的路人遮住火辣的阳光，又加之与亲人团聚，性情爽朗，便不觉得盛夏的难耐了。

　　我回家第五天的时候恰逢中元节，姊妹几个便拿了纸钱和供品到父亲的坟前坐了坐。时至今日，父亲已经离开我们十年了，虽是死别，但时间也慢慢治愈了我们失去父亲的痛楚，每次给父亲上坟已慢慢从号啕大哭、肝肠寸断变得轻松了些。很多时候，我们只当是远嫁的女儿回到家里看望自己的老父亲，和他见个面，说说家长里短的事儿，给父亲烧了纸钱，摆了供品，嘱咐父亲缺什么短什么就托个梦之类的话，便回家了。

给父亲带的供品通常并没有什么特别的要求，基本上是些点心瓜果之类，与别家并无二致。只是这一次，由于二姐前些天梦见父亲口渴，所以临走亲特意找了甜的饮品，带给了父亲。

"你就害老爸吧，爸咳嗽哮喘，根本就不爱喝甜东西。"三姐反驳说。

"看，说你不了解爸吧，爸以前是咳嗽，但是现在老爸到了极乐世界了，早就不咳嗽了，喝甜的也不怕。"二姐又反驳说。

那一刻，我心头一紧，父亲到底喜不喜欢喝甜的东西呢？他以前不喝究竟是不喜欢的成分多些还是害怕咳嗽的成分多些呢？我们做了父亲几十年的女儿，真正地了解他吗？知道他内心真实的感受吗？

记得父亲说过，太爷爷是当地显赫一时的人物，所以父亲小时候家境颇丰，家里有私塾让孩子们念书，可父亲却常常因为背不出先生教的书而受到责罚。我说："爸，您可算是少爷，私塾的先生也敢打您？"父亲说当然敢，他对先生不敢有丝毫的反抗，只是怯生生地看着先生，怯生生地伸出小手，先生的竹板就那样毫不犹豫地打在他的手上。从没挨过打的我听得不忍，真想上前替他挡一挡，或者帮他揉一揉。可是，那时候那个五六岁的小男孩心里的恐惧以及他手掌所承受的疼痛我又如何能够体会得到？又怎么能够以我的手来抚慰他的疼呢？

"爸，要是那时候你一直坚持在北京当工人，说不定咱家就都是城里人了。"小时候我经常抱怨父亲当年不该扔掉工作回家种田。

父亲总是说:"没法子啊,我在北京当工人,一天的工钱还不够一家人的口粮,就只有我自己是不饿着的。那时候,你妈一个人带着你大姐和你二姐,苦得很啊。我就一狠心回来了,心想:爱咋咋地,饿死也要一家人在一起……"

是啊,我不过是想着困苦过后的美好,怎么能够懂得当年那个为人夫、为人父的小伙子是怎样的牵肠挂肚、怎样的毅然决然呢?

我不懂得父亲,父亲也定然不能懂我。他无法体会我不能常常回家与他们见面的遗憾,不能理解我远在他乡的孤独,亦不能想象我"七天憋出六个字"时的焦灼和无奈……

都说"母子连心""知子莫若母",有一段时间,我以为我懂我的孩子。那是前两年,还在上幼儿园,每次下楼,他坚决不乘坐电梯,而是一个人跑下楼去,等我从电梯上下来时,他已经在一楼的楼梯下面藏好了身。我从不敢贸然对他大喝一声,担心他猛地起身磕到了脑袋。我会假装没看见他而径直走到门口,在打开单元门的时候说:"在楼梯下影身(他一直将'隐身'说成'影身',我没有纠正过,想等他在某一天自己茅塞顿开)的小孩,要出发了。"然后他"嗖"地一下跑到我身边,问我怎么知道他在楼梯下,我说:"因为我是你妈啊,我知道你每天都躲在那儿。"

"哼,等我大了,你就找不到我了。"儿子不服气。

其实，细想一想，何须等到长大呢？我对他的了解就算是他孩童时期也不过都是些浮皮潦草的东西，至于他的内心，他的感受我如何感同身受地体会呢？我不能懂他被老师误解又无从申辩时的委屈，不能理解因为他被选中学校乐团的小提琴手时的惊喜。就连每个周末购买零食的时间，看他东摸摸西看看，拿了这个放下那个时，都无从知晓他的小小心思。他的选择标准是什么呢？是要吃起来最过瘾的，还是要吃的时间更长的？或者他喜欢带个小玩具的？他贼头贼脑地窃笑是因为今天偷偷多拿了一包没被我发现吗？还是因为马上就可以吃到心爱的零食了呢？为什么每一次他选择的东西和他的笑容又都不一样呢？

可见得，这个世上，没有谁能够真正懂得谁的内心，就连骨肉相连的亲人也未必懂得。那么，时而的孤独也便不足为奇了吧！

你的孤独恰似一片风景

孤独的感觉也许并不美妙，但不美妙是因为你自己能够体会。当一个人只是从你的身边路过，他看见你默默地注视天空，或者低垂着眼睑，静默如佛，那也许就成了他眼中的一道风景。

我是个不太懂孤独的人，因为我的思想和内心都还有些幼稚，尽管年龄已不再属于这样的范畴。可是，我始终觉得孤独是美的。这一点我是从我养的那只小狗身上发现的。

去年春天，地里的菜刚刚冒头的时候，我们捡了一只小狗回来。经宠物医生判断，它年龄为两个月左右，之后给它洗澡、打针、买零食和狗粮，为它定做小木床和垫子，像很多人一样牵着狗链带它在楼下溜达，并结缘多位狗爸狗妈，还建立了我们的圈子，时不时晒一晒狗的淘气和可爱。我一直以为，它从此过上了养尊处优的生活，它是和它一同被遗弃的那一窝狗兄狗妹中最幸运的一个，至少它衣食无忧，冷暖不愁。

然而，今年夏天我终于发现，它在我的家里除了物质上的丰硕，并不见得比楼下的流浪的狗儿们快乐，它甚至比它们更加孤独。

那是某一个夜晚，因为天气炎热，所以睡觉时也开了窗。半夜时分，却被愤怒的狗叫声吵醒。开窗向下看，借着路灯的光亮，我能认出是那条流浪已久的大黑狗与大约二三十米外的也已具有相当资格的流浪狗正你一言我一语地吵嚷着。在两条狗的身边，各自跟随着一两只身形较小的流浪狗。它们是有各自的领地和势力范围的，这一次不知道是谁侵犯了谁。

我跑去阳台，看我的狗。它面朝窗外，木然地坐着，听到我的脚步声回了一下头，将坐着的姿势改为站立，对着我摇了几下尾巴。我示意它去睡觉，它就转过身去，又继续木然地坐着，面朝窗外，像刚才一样。其实，它看不见楼下的场景，因为我担心它看见楼下的某些事物乱叫而影响邻居休息，所以在原来透明的落地玻璃窗上自下而上贴了一米高的玻璃纸，就算是白天，对它来说仍旧是驱不散的迷雾。可是，它还是那样坐着，一动不动，没有狂吠，也没有哼哼，像一尊小狗的雕像，静静地守候着什么。

在那一刻，我突然对它心生怜悯。我无法确定我提供给它的美味营养的食物以及舒适的狗窝所带来的优越能否抵消得了一只狗对于自由以及同类的向往。它每天被我局促在有限的空间里，不能随时拉撒，不能狂吼乱叫，也不能飞奔蹦跳、任意抓挠，就连每天仅有的两次外出，也必须用狗链牢牢牵住，不允许它对人示威，甚至过分地亲热也不行。它有时便用了极其迷茫的眼神看着我，似乎在说：你究竟要我怎样？

究竟怎样，我也说不清楚，反正符合人类的要求就是了。

然而，它终究只是一条狗。这一点，它也许比我更知道。在后来的日子，我时常偷偷跑到它的阳台上（家里的整个阳台已经全部给它做了生活场馆），而我很多次都发现它什么也没干，就像那天晚上一样静静地面朝窗户木然地坐着，有时抬头看一看天空飞过的小鸟和飞机，有时看一看隔壁阳台上的人和事。实在无聊的时候我也见过它和一只不知道哪里飞进来的苍蝇打架，它先是对着苍蝇低吼，苍蝇自然当它不存在，自顾自美丽地横冲直撞，不小心飞得低了，狗就冲过去，试图用爪子按住苍蝇，但苍蝇瞬间飞走，它便又坐下来等待时机。如果苍蝇一直飞，它就一直目光炯炯地紧盯着，一旦苍蝇落下来歇脚，它就开始新一轮的吼叫和扑抓。大约一个小时后，它果然击落了苍蝇，但并不吃，而是像猫戏老鼠一样调戏着。它将那只苍蝇用爪子轻轻拨弄到一边，假装它还活着，接着它的小狗爪子试探性地落下，又不碰到苍蝇，然后迅速抬起，换另一只狗爪子。同时，它的肉嘟嘟的小屁股也跟着扭来扭去，仿佛那苍蝇一会儿就会"噌"地一下飞起来与它拼命一般。

我故意没去管那只苍蝇，睡了一晚上，第二天中午的时候，苍蝇还安静地躺在窗户边上，六脚朝天。小狗对它毫无兴致，耷拉着眼皮晒太阳，那只苍蝇好像从来没有出现过一样。我站在阳台上看窗下，它礼节性地和我摇摇尾巴，除非我给它零食或跟它玩耍，如果我只是站在窗前，它也便全然不理会我的存在。天气和暖的时候，它便寻个地方伸展了四肢和脖颈，直挺挺地侧躺着，偶尔抬一下头，接着又慢慢躺下去，半眯着眼睛，如同要与这个世界隔绝一般。若是天气有些冷，它便蜷缩起来，将下巴抵在前爪上，这时由于看东西方便些，它连头也不会抬起来，只将眼皮略略挑起，就又恢复到迷茫的狗狗的世界里。

我带它出去玩的时候也会见到很多和它一样的小伙伴，我总希望它能与其他宠物狗狗交朋友，一起玩，哪怕每天只玩两次也好。可是，它自始至终都是"高冷范儿"，常常对那些身价不菲的名贵犬种不屑一顾，渐渐地它的朋友便越来越少。但让人不解的是，它一直喜欢与小区里一条独来独往的流浪狗感情笃定。每次见面必得相互闻闻屁股，然后脖子与脖子磨蹭，爪子相互抓挠，一会儿的工夫就滚在一起。

那条狗也是最常见的土狗，白色的毛比我的狗略长，腿也略粗，看起来颇为雄壮。也许是因为经历了太多的冷暖，无论是肉体还是心灵，那条狗的眼神犀利，它回首或驻足间，总有一股莫名的让人敬畏的气息。我的狗不曾历经坎坷，不知道饥饿与寒冷，它只是像一位大宅门里的小姐，被高高地晾晒在华丽的阁楼上。所以，它也孤独。

有时候，我想，它们一定是在彼此的身上看到了自己的影子，两只孤独的狗也更能相互体会，所以才如此地惺惺相惜吧。

之后，我路过那条白狗的领地时，总会下意识地看一看它在干什么，有时见它卧在某辆汽车的旁边半眯着眼睛晒太阳，有时见它昂首挺立着望向天空或者前方很远的什么地方。当然，有很多时候，它并不在它的领地，也许是去稍远一点的地方觅食，也许是想找个没有人潮车海的地方静一静，也或许是孤独牵引着它在城市的某一条街道上随意走着。我从没有看见它与其他的流浪狗为伍，它也从未与其他狗狗为敌，它就那样茕茕孑立、形影相吊地默默生存着，不喜不悲。

我的狗也许在某些方面优越些，但它骨子里的孤独感却从未消减。尽管我们一家都善待它，给它买零食和玩具，给它舒适的凉席或温暖的垫子，但它无论如何不能与我融为一体。它就是它，我走不进它的世界，它也并不需要我走进。它和那条与它极度投缘的流浪白狗有着只属于它们自己的世界，在那个世界里，不用说人，即便是它们的同类，也未必能够懂得。

我不敢说这种孤独对于一只狗来说是好是坏，但我作为一个整日出现在它的身边，将它看作一个小孩的人来说，当它默然地面对着眼前迷蒙的玻璃时，却感觉看到了一幅优美的图画，或者说是一片如同苍凉大漠般的风景。我想，如果孤独是一片风景，我为何不像它一样入画？于是，当它静默望向天空时，我站在它的身边，透过玻璃窗看远处的楼房、天空和飞鸟，但我很快就被楼下孩子和大人的喧闹吸引过来，低下头来看他们嬉笑或者怒骂着从我的窗前经过。而此时，我的狗却意志坚定地坐着,任笑骂来或者去,它依然孤独地望着天空,寂然欢喜……

有时,我会觉得,孤独不是每个人都有,更可贵的是不是每个人都能够拥有,因为孤独在骨子里,而不是眼泪、寂静,或者别的什么外在的表象里。一个人,若真的拥有了孤独的能力,那么他也就成了别人眼里最为独特的风景了吧?

想笑不能笑，想哭不能哭

37岁生日过完三个月后某天下午的三点钟，我和两个月前一样正走在接儿子放学的路上。路途不长，从这个红绿灯到那个红绿灯，不过几百米。而且此时的街道并没有什么可以留恋或是观赏的，路边刚刚栽种的梧桐还瘦弱得让人担心夏季的雨水会不会将它们冲走。我出来得早，在街道上悠悠前行，尽管十月份的太阳依旧火辣，但它到底抵不过距离太短。

我仍旧在儿子放学前十分钟就站立在了学校的大门口，望眼欲穿地等待背着书包、穿着校服、戴着小黄帽的我的宝贝笑盈盈地出现在我的眼前。

我不停地看表，终于在第十五分钟的时候，一年级7班的班主任领着一些我熟悉的孩子走出了校门口。但我却没有像往常一样看到那张专属于我的笑脸，后来知道他因为上课时间大笑，事后又不肯承认错误被留在教室里，老师要找我谈一谈。

与我谈话的正是他们的班主任老师，一个刚刚从师范院校毕业的硕士生，二十五六岁，模样清秀，举止端庄，一副无框的秀气的近视镜架在她小巧的鼻梁上，很是斯文。儿子由另外一位老师看护，我被请进了学校一楼大厅的会客角里。

我听到老师向我描述了整件事情的始末,起因是坐在儿子前面的小男孩今天早晨上课时摘掉了小黄帽,儿子发现他理了个光亮亮的秃瓢,然后他想起了他最近在看的一本小说《草房子》里面的一个叫"秃鹤"的人物。其实"秃鹤"的原名也不叫秃鹤,他叫陆鹤,就是因为他的头上没有头发,所以才被人叫成了秃鹤。儿子觉得他光亮亮的脑袋很好玩,也想摸一摸,但终究没好意思伸手,只能自己趴在课桌上偷笑起来。老师问怎么回事,他便直截了当地说,然后忍不住大笑起来,老师让他停住,他停不住,扰乱了课堂秩序。课后,老师找他谈话,他认为自己没有什么错,因为前座的光头就是好笑,他不过是真的笑了,他没想扰乱课堂秩序,他也想忍住,但是终究没有忍住。所以,他觉得自己并没有什么错误。

我听了班主任的话,不知道该说些什么。他的确搅和了一整堂的语文课,可是他不过是抒发了自己小小心灵的一点欢喜而已,何错之有?但回家的路上,我还是本着不能影响其他人的原则,对儿子提出以后不能在课堂上笑的要求。他斜着眼睛向上看了我一眼,说:"你们大人真是麻烦,整天说不能妨碍这个,不能干扰那个,笑也不让笑,哭也不让哭。"

"我什么时候不让你哭了?"我不由得问。

"你忘了？以前我小时候，摔了跟头你就说我是男子汉，不要哭；别人抢我的东西，你说我是大哥哥不要哭；前两天我作业不会做，你还说不会做就再想想，有什么好哭的……对了，还有一回我们去博物馆坐地铁，我的玩具丢了，你也不让我哭，说地铁上人多，哭有可能影响到别人。"儿子说了很多我不让他哭的例子。

我也逐一回想起来，这些我原本并没有在意的事情。我回想我当时的心情，只是一味顾及着周围的人，却唯独没有估计我儿子的感受。现在想一想，那时的儿子多么需要安慰，多么需要释放，可是那么一车厢的人，包括他至亲的妈妈在内却没有一个人能够走进他的小小心灵，更别说去理解他了。我突然觉悟，孤独未必需要长大成人，在那么幼小的孩童的心里，那一刻想必也是孤独的。

我们总是有意无意地为了别人忍住哭或笑，在想要龇牙咧嘴大笑时装出一副斯文样，在想要撕心裂肺痛哭时又摆出或是坚强或是无所谓的态度。我们也许不是不能笑或是不能哭，而是不愿意笑、不愿哭，或者确切地说是不想在他人面前笑或者哭。每当我们想笑或是想哭的时候，就会有个声音严肃地在耳边提醒：不能笑，不能哭；要学会克制自己，要学会坚强面对。没错，我们的确因此收获了艳羡或赞许的目光。我们在这些目光里略微笑笑，以示谦逊。但只有自己才知道这微笑里其实有很浓的孤独的味道。

别说是在青春的时节里，就是七老八十的时候，谁不想随心所欲呢？因为我们想到了很多笑过或哭过后的情景，也许是怕人非议，也许觉得并无意义，所以我们选择隐藏自己，不哭也不笑；因为我们选择隐藏了自己，所以没有人能懂我们，我们只能自己哭、自己笑；因为只能自己哭、自己笑，所以我们终于走向孤独。

我这样说，你明白了吗

朋友的94岁的奶奶去世了，她悲痛欲绝，一个多月以后她问我："怎么才能忘了这悲伤啊？我快受不了了。"

我说："我们永远都无法真正忘记失去亲人的悲伤，十年前爸爸走的时候我都没能见他最后一面，但现在的我却已经学会去适应没有爸爸的时光。"

她又问："可是，我怎么样才能适应没有奶奶的日子啊？"

这一次，她的问题是沿着我的思路来的。可是，我该怎么回答呢？我笑笑没有作答，也并非我小气怀揣着答案秘而不宣，只是，我的答案说来话长，或者说并不是一两句话就能讲明白的。这就好比你问一个小孩："你是怎样学会走路的？"想必他是说不清的。

失去亲爱的奶奶的这位朋友，请你相信，我的答案绝不是类似什么《人生八训》或《写作十要》那样的很有条理却不知所云的空洞论调。

就像一个孩子学会走路，我们不能说第一步要站立，第二步要迈腿，这样的答案有什么意义呢？一个母亲通常的回答大概要追溯到这个孩子尚在肚腹之时,比如他还是胎儿的时候就好动,生下来两个多月就会翻身,五个月就坐得稳稳地,七八个月时得了爬行比赛第一名,他第一次迈步的时候是扶着桌子的,他经历了多少次摔倒、恐慌,然后才慢慢学会了走路,即便一个小小的只有一岁的小孩的事情也常常要串联他已经走过的整个历程。

所以,如果你有时间,如果你愿意听,那我恐怕也要从我小时候说起了。

我刚刚八岁的时候外婆就去世了,但是她的葬礼我并没有参加,尽管我已经向老师请了假,但是母亲怕耽误我的学习,硬是没有让我参加。我对外婆的记忆不算多,也并没有太多的难过。但有一次我跟随母亲给外婆扫墓时,见母亲哭得肝肠寸断,也忍不住涕泪横流。可是,哭了一阵子,母亲拉起我的手说,走啦,回家了。我们的生活还和往常并无区分。

我十四岁和十七岁的时候,两位姑姑相继去世,都是死于急症。我看见大人们忙前忙后地乱了几天,之后,我继续回到学校,偶尔想起姑姑们时也会觉得难过,我还写过两篇祭奠姑姑们的祭文,略表哀思。但是我稍微一走神,老师马上就敲着她的讲桌,严肃地说:"注意听讲。"

我二十四岁的时候,二姨去世了,那时我已经参加了工作,正在外地出差。没有人通知我,我是事后二十天左右才知道的。知道的时候我大哭了一场，因为相比于前几个人，二姨对我最好。每年寒暑假我都去二姨家小住，她的所有好吃的都由我享用，她虽然耳聋，但是我看得出她是真心地喜欢我，她会硬拉着我去她家，我要走的时候她又死活不松开我的手。那时候，我家穷，二姨常偷偷塞给我一些零钱，叮嘱我好好学习。如今，她离开我怎能不悲伤？可是我一哭，就有人上来劝慰，我恐添别人的麻烦，又找不到肃静的角落，便哭得少了。

那时候，我有些懂得一点道理：有些伤痛只是自己的，你流泪也好，号啕也罢，别人看到的不过是泪水或是你咧得跟瓢一样的大嘴而已，而悲伤的人仍旧是你自己。所以，不哭也罢。

我二十六岁的时候，与我青梅竹马的表哥由于车祸突然离世。我见到他时悲伤得晕厥了过去，那一天正是我的生日，也是唯一一个我与他在一起度过的生日。

我看见他平静地躺在殡仪馆的一张很窄的床上，脸上已经被殡葬师百般修饰，除了那一头很有硬度的头发还像他之外，那白脸红唇对我来说简直陌生得要命。我抱住他的尸体，把脸贴在他的胸口，像往常一样，可是他一动也不动，既没有淡淡地问"你来了"，也没有再次抱紧我。其实，他真正抱紧我的时候很少，因为他知道无论如何我们终将会把自己托付给另外的人。

可是，可是，在我们的心里，是有爱了的呀！我感觉我的眼泪热扑扑地落在他的胸口的时候，有人问："这是他媳妇吗？"有人回答："不是，是他表妹。"那人又说："表妹？表妹至于这样？"于是，我很尴尬地起身，看着我曾经叫了二十六年的表哥，收敛了我的悲伤和不舍——原来我的悲伤是不能越界的！

舅舅和舅妈以及他的两个亲妹妹哭天抢地的时候就得到了所有人的劝慰和理解，而我由于没有与他更贴近的身份，就连我的悲伤也受到了质疑。我很怕我死去的表哥再受到非议，只能选择默默离开，连他最后一程我都没有送，那些仪式对我来说没有半点意义。

之后，我只有偷偷地哭，偷偷地想念，偷偷地去那些我们曾一起去过的地方，再不向人多说什么。

我二十九岁的时候，父亲也撒手人寰。我半夜赶到家门口时，看见门口已经搭起了鼓乐篷，明晃晃的电灯照着素白的帷幕在十二月的寒风中荡来荡去。

我被二姐扶着进了屋，爸爸躺在用高粱秆扎成的台子上，我一下跪在父亲的身边，想摸一摸他的身体，又立刻被制止。因为我怀了孕，摸了死人要对胎儿不好，我想想肚子里刚刚两个多月的孩子，伸出去的手又缩了回来。我大哭着喊"爸爸，爸爸……"又被妈妈叫了起来，妈说："不哭了，哭也回不来，保重你自己，你要是有什么闪失，你爸不甘心，妈也活不了了。"

于是，爸爸的整个葬礼，我虽然全程跟随，但却因为我是个即将要成为母亲的人处处受到掣肘。我并没有能够痛痛快快地痛哭半天，或是为父亲做点什么，因为我还有以后的生活要过。别人这么跟我说，我也这么想。更何况我先前已经历了那么多的生死，那些悲伤我都一一品咂过，慢慢地会觉得当你经历了足够的悲伤之后便学会了处理悲伤。

前几天带儿子练球，教练说儿子最近两周进步很快，这都是因为之前大量训练的结果。说实话，有一段时间我对教练颇有意见，因为有时候一个半小时的课程，他常常安排一个小时的时间让儿子自己打发球机，其间只要没有什么要命的错误，他便不闻不问。儿子很机械地跟着出球速度调整自己的动作，像个木偶人一样。但是经历了两三个月这样的训练，现在儿子突然有了跳跃式的进步，我开始觉得我之前的那些想法有些"小人之心"。

其实，世间的事情，何止练球？大都是一样的。

我不知道，听了我如此冗长的回答，你是否能够明白一些什么。也许你还是不能了解，尽管你只抛给我一个问题，而我却用了我已经活过的半生来回答你。但不管怎样，我的回答是用我的人生来做底。所以，你未必明白。而你的悲伤，我也只看到眼泪，其余我也不懂。

还记得一句话吧：文章千古事，得失寸心知。千古之事，得失亦在寸心之间，需得我们一厘一寸地去思量。那么，这世上很多很多的事情也都需要用一生去慢慢体悟和学习吧,所以,想要做个波澜壮阔的英雄或者做个平淡如水的俗人,也不免要不多不少地用上一生的世间。

当然,想要学会忘记悲伤,应该也是如此吧。

你知我不知

最早知道"螳螂"这个词是在初中一年级的时候，我和舅舅家的表哥蹲在小村西边的河沟旁看雨后村人在河里摸鱼。此时，脚边的草叶上出现了两只螳螂，但我并不知道它们叫作螳螂，我的父母告诉我说这是"刀螂"，是博学多识的表哥告诉我说，它们的学名叫"螳螂"，我从此得知螳螂与刀螂是一个物种。

那两只螳螂并没有像我们一样安安静静地看水或是看人，却是一只螳螂不辞劳苦地背着另一只螳螂——它们正忙着繁衍子嗣。我有些尴尬，表哥却淡定地说："你知道吗？两只螳螂交配完之后，雌螳螂会毫不留情地将雄螳螂吃掉……"

我瞪大了眼睛听着，奇怪这世间还有如此残忍狠毒的事情。尽管那时尚且不懂人间情爱，但起码的仁心善念还是有的。表哥看我的惊讶，笑笑说："你真不知道啊？"

我摇摇头，表示对此一无所知，看他的神情倒有点没遇到知音时"明月照沟渠"的失落。

我问他："雌螳螂为什么要吃掉雄螳螂？"

表哥说："这个，不太清楚，反正这世上残忍的事情多了去了。"

于是，在我的脑海里，那不仁不义的雌螳螂和为了爱情献身的傻乎乎的雄螳螂就深深地印在了我的脑海里，挥之不去。

几年前，我和一位朋友闲聊，说起夫妻之道，她说：女人总是弱势，简直不如动物界，你看狮子那么厉害，还会为了争取母狮子进行生死决斗；还有雄鸟，想着法的让自己在雌鸟面前卖弄风骚……

我说：还有雌螳螂，和雄螳螂交配完就直接把它吃了，霸道不霸道？那雄螳螂还心甘情愿地与雌螳螂享受那一刻欢愉呢！

朋友像我当年一样，瞪大了眼睛看着我，叫嚷道："真的假的？"

我笑笑，不置可否。

自从我在表哥那里得到了这个知识，就常常拿出来与人说，在听到这个所谓的知识的人当中，大约有一半的人表示惊讶，有一半的人表示早就知道。遇到惊讶的人时，我就也觉得有点当年表哥的感觉——这点常识也不知道吗？倒是忘了当年自己的惊讶了。遇到早就知道的人时，就觉得自己浅薄了，人家早就知道的常识，自己还当作新闻一样拿出来露怯，真真是无趣。

光是无趣也就罢了。有一回，我向一位同事又提及此事（我总是忍不住说起雌螳螂吃雄螳螂的事情来，大概因为我当时的的确确被惊着了）。那同事很不屑地说："谁说的？"并且神一样补充道，"没文化，真可怕。"

我大惊失色，她则娓娓道来，说雌螳螂吃掉雄螳螂是因为它要补充体力，如果雌螳螂不饿，根本不会吃掉雄螳螂。她还说，这是早些年就已经有过实验了。他们事先把螳螂喂饱吃足，把灯光调暗，而且让螳螂自得其乐，并用摄像机纪录。结果出乎意料：在三十场交配中，没有一场出现了吃夫现象。不仅如此，科学家们还发现，螳螂并非无情无义之徒，在交配之时绝不是毫无情调的单刀直入，然后再残忍地灭夫了事。而是有一个复杂的求偶仪式：雌雄双方先是翩翩起舞，整个过程短的10分钟，长的竟然需要两个小时。之后，两情相悦，才会进入正题。因此，实验者认为，以前之所以频频在实验室观察到螳螂吃夫，很可能是因为很多人围在两个情侣周围，使得它们毫无"隐私"可言，哪里还有机会举行什么求偶仪式？没有这个仪式，就无法消除雌螳螂的恶意，因此才使得那么多的雄螳螂有时候连痛快一下的机会都没有就被雌螳螂吃掉了。

我赶紧上网查看，果然如她所说。此时，我倒有些羞惭，虽不至于抬不起头来，但"鲁班门前耍大刀"的感觉也着实不怎么样。

此后，直到现在，我很少再说雌螳螂吃雄螳螂的事儿了，因为我发现，很多事情都是你知我不知，或者我知你不知。有人要问，你去答，很好；没人问，自己去说，先除去显摆的嫌疑，单就大家彼此不能同样的心情，想想也有些无聊。

所以，有些事啊，真没必要逢人就讲、见人就说。一来人家也许早就知道，你说了，就显得好没意思；二来人家也许不知道，但却没兴趣，你说了，那就更没意思；三来就算人家不知道，也没有表示厌烦，你说了，就又把自己从那人的身边剥离出来，还是会觉得没意思。

倒不如悄悄地，一个人揣着，得了。

同学会

说起来，高中的同学或许是因为都生在同一个地方的原因，也或许是因为那时候更加单纯，所以比大学的同学显得更加亲近。眼看毕业20年了，有人张罗一定要来一次大规模的聚会。有人迫不及待，说19年先聚一聚吧，算是来个前奏。于是，时间定在国庆节，当然，是去年的；地点是县城的人工湖旁边一个不错的会馆里。

傍晚五点多的时候，柳同学和彭同学不辞辛苦地接我一同前往，还给我带了一大袋子的核桃，让我补脑，感觉心里热乎乎地，不能以言语相谢。大约六点半，能来参加聚会的同学都陆陆续续到达，绝大多数同学我还都能叫上名字来，只有个别同学面面相觑之下，彼此尴尬地问："你是？"然后，又恍然大悟般地用"哦"表示想起来了，用"哎呀"表示刚才没能想起来的遗憾。

那一次，男男女女一共有十九位同学参加，与我们的十九年不谋而合。大家哄笑，说"可别明年二十年聚会，只有二十名同学参加"。同学们都坐定后，就是彼此寒暄、询问，并介绍自己。不说不知道，一说倒真把我惊着了，有在交通局的，有在财政局的，有在广电总局的，有成了母校的优秀教师的，有荣升医院妇产科主任的，还有银行任职的……然后,有人问我:"许同学在哪儿呢?现在干吗呢?"

我一时语塞,心想:原来做过编辑,但是现在不去上班了;在家写点东西,这算是什么呢?我只能讪讪地说:"我大概是咱们班里唯一一个混了十九年最终混成了家庭主妇的人。"

有同学替我解围说:"谦虚,现在咱们许同学可是大作家,都出书了。"同学们真真假假一片哗然,我打心眼儿里感谢那位同学。他这样一说,我就感觉好像我和同学们又有些一样了。人的孤独其实大多数时候就来源于与周围的人不一样,不管是你的身份还是思想,或者其他什么东西,当整个世界都一边倒地变成与你不一样的颜色的时候,你就会莫名其妙地孤独起来,有时是一瞬间,有时是很长时间。

随着菜品一样一样被盛在精致的碗盘之中,又被漂亮的服务员小姐娴熟利索地放下,然后细声细气地说"请慢用",整个聚会开始进入高潮阶段——同学们相互敬酒。第一杯当然是所有人举杯,班长说"庆祝同学们团聚",然后干了;吃了两口菜,男生们又齐刷刷地端起杯子敬女生。接下来,人们又想出各种有趣的名目来相互敬酒,比如本地就业的敬外地就业的、当官的敬没当官的、没被认出来的敬被认出来的、一个娃的敬两个娃的、有了白头发的敬没有白头发的……各种欢闹。

我只顾咧着嘴哈哈笑，自动分辨自己是哪一边的人，然后跟着大家举杯痛饮，却一个名目也想不出来，只暗自给自己找了几个合适的成语——胸无点墨、才疏学浅、孤陋寡闻、懵懂无知、浅薄无识，只恨自己不能像猪八戒一样把盘子碗子给嚼了，也好变得满嘴是词儿（瓷儿）。

酒过三巡，菜过五味。同学们开始三三两两地单独闲聊起来，我也开始与多年不见的当年十分要好的柳同学窃窃私语起来。她却对谈话并不以为然，只顾着跟我说"多吃点，肚子里的小人儿需要营养"，一边说一边往我的碗里夹菜。平心说，这一点她丝毫没有改变，当年上学的时候她也是这样，特别会照顾人。那时，我记得她的舅舅在学校的食堂工作，她特意带了我去见，所以每次遇到舅舅盛饭，我的饭菜就多一些。她从家里或是舅舅那里带了好吃的，也常单独给我留一些，我对此感激了她很多年，现在也一样。

不过，我们的生活早已没有了交集，话题也显得稀疏。稀疏的当口，她会端起酒杯对另外一些同学说："先敬你一杯，改天单独请你，别说没时间啊！"看我不解，她解释说，上次弟弟的车被扣了，找了这位同学，顺利解决了；上次厂里要做宣传，找了广电局的，所以客套一下，云云。

我留意了一下其他同学，大多也和她一样，开始单独找人敬酒，临了也多会加上一句"哪天单独喝，上次多亏了你"。我开始慢慢感觉，自己仿佛成了这个圈子之外的人，没有人说要跟我单独喝，我也不知道自己要单独请谁吃个饭，我没有堂而皇之的理由，没有跟他们一样相互帮衬。我怀里揣着的不过是十七八岁的时候一起坐在教室里读书、一起答试卷、一起参加高考、一起收拾行李走出校门的情分，可是这不能成为单独的理由。

于是，我又成了孤家寡人。在我心里，开始有些疑惑，我亲爱的柳同学究竟是在与我说话的间隙去兼顾其他人呢，还是与其他人说话的间隙来兼顾我呢？这样想的时候，心里很不是滋味。

大约晚上八点钟左右，聚会散场，大家合影留念，握手告别，相互许诺明年二十年聚会时一定到场。我原本以为十九年未曾谋面的老同学一定得喝得酩酊大醉，至少也得吆五喝六地在桌上热闹热闹。但大家都变得成熟了，相互之间没有人死命地劝酒，因为很多人都是自己开车来的，几乎所有人在端起酒杯的时候嘴里都说着俩字——随意，一时间倒让我有些始料不及。

其实，这样的场景是对的，十七八岁的年纪早已不再了，每个人的心里都有了自己的一方天地。里面有自己的孩子老婆，或是孩子老公，能抽出两三个小时来聚会已经是相当不容易了，还祈求什么呢？既然已经毕业，大家就再也不是一个集体了，每个人都是独立的个体，即便彼此之间仍然有若干的联系，也只能代表他们自己，而不是当年的我们学校我们班。

也是,风起云涌时天空浓得像墨,云开雾散时天空薄得像纱。当你突然发现自己不再苛求别人和自己回到过去,而是坦然地接受现在时,心里便驻进了孤独。但它并不可怕,它让你不再去担心未来的自己好或是不好,未来的别人厉害或是不厉害;它让你平静地接受现在的一切,不管是自己还是他人。

转眼间新年已过,二十年聚会在即,虽然可能免不掉上一次孤独的感觉,却也还是满心期待……

第五章

活不厌世，死不弃志

在世界上行走，没有梦想做支持是不能持久的，它是我们闯荡江湖的根据地。当我们疲倦的时候，可以在那里栖息，在那里倾诉。而当我们快乐时，也可以在那里聊发少年之狂……

456乐队

456乐队的主唱叫叶子,是个女生,二十七岁,未婚,个头一米七不到,偏瘦,喜欢把头发扎成很多小辫子,一条一条趴在头上,像很多小虫子。重点是嗓音,单纯用嘶哑还不足以形容,还有一种被浓烟呛坏了的疼痛感。叶子的打扮也是紧跟着摇滚走,高帮皮靴一年四季不离脚,从没穿过裙子。

乐队还有三名成员,贝斯、吉他和鼓手,属于最基本的乐队配置。叶子他们常说,这个乐队就像一辆汽车,在构成上属于低配,无论人员还是设备。但他们坚信这辆汽车的性能极佳,觉得总有一天能够被哪位摇滚大佬发掘,成为人们心目中的摇滚之王,至少在摇滚圈里有自己的一席之地。

不得不说的是,456乐队的成员背景,用一句时髦的话说,别人有的是背景,他们有的是背影。

四个人当中,出身最好的贝斯手,他们戏称他为官二代——他爹是还有两年即将退休的镇长。其余三人,包括叶子在内全部为血统纯正的农民子弟,世代务农,根红苗正。他们四人的最大共同点是教育背景,全部为高中毕业,没能考上大学,转而打算,或者说不得不打算为家乡农耕事业贡献终生。但他们都爱好音乐，于是先后加入了镇里最负盛名的也是唯一的一家婚庆公司——久久婚庆，为婚礼做表演。

他们加入久久婚庆公司的时候都是刚刚高中毕业，在农村谋这样一个差事也不错，风不吹日不晒雨不打，拿着不算少的钱，吃着好酒好菜。

当时，叶子就是主唱，并不仅限于摇滚，确切地说摇滚的成分并不多，因为是为婚礼献歌，所以多以欢愉、缠绵、亲情等为主打，摇滚只是为了迎合嘉宾里的少数年轻人的口味，以此赢得喝彩将演出推向高潮而设计。

婚庆公司不是天天有活，闲着的时候，几个年轻人就爱凑到一起聊一聊音乐上的事情，虽然没有经过专业的训练，但凭着爱好和一点点天赋，也常常说得有模有样。就在那么毫无征兆的一天，叶子突然对他们说："咱们组个乐队吧，只唱摇滚，那些哼哼唧唧的歌都唱腻歪了。"

几个年轻人一拍而合。

接下来的日子，他们正式辞离久久婚庆公司，单打独斗，将"久久"的所有家伙什儿如数奉还，算是净身出户。靠着自己的一点积蓄，重新置办了家当，取名"456乐队"。具体这个名称的含义，他们也不知道，可能只是觉得叫起来顺嘴儿。

再接下来就是去哪唱，唱给谁听，到哪挣钱，怎么存活。最早是有点呛行的意思，也接一些农村家庭的演出，为了生存，他们也为葬礼演出（有一段时间，农村的葬礼上也兴热闹，但没多久被认为伤风败俗而不再有人邀请演出队了）。但毕竟只有四个人，与规模强大且已经名震小镇江湖的"久久"相抗衡，还是属于螳臂挡车的范畴。几个月后，他们转战县城，为一些小企业的开业庆典演出，基本没有舞台，就在店面门口，伴着震耳欲聋的鞭炮声，声嘶力竭地吼上一阵子，为店面赚得路人暂停脚步，算是为"开业大吉"做了贡献。然后领钱走人，找一家便宜些的小面馆，一人一碗面，叶子是女生吃得少，就要小碗，既节约粮食又为乐队省钱。她心里是这样想的，但从来没说过。

县城不大，连中等也有些算不上，需要"开业大吉"的店本来就不多，更何况也不是每一家要"开业大吉"的时候都会邀请他们，所以他们常常需要用一次演出的钱维持一个礼拜甚至更长时间的生活开支。有一个月，"456"就只接了一次演出，连同之前省吃俭用的结余，总算挨到了下一次演出。

于是，他们决定冲向大城市——北京。在北京他们再也找不到需要"开业大吉"的地方，便在过街天桥上、地下通道里支个摊儿开唱，有不少人不知道是出于对他们的肯定还是可怜，但还并没有饿肚子。后来，他们知道了后海、三里屯，又辗转到各个酒吧。日子就这样甜蜜起来，因为竟然有那么两三个酒吧让他们固定去演出，这就好像有了铁饭碗，心里总归不用为饿肚子发愁。

但时光很快就荏苒了三四年。贝斯手，也就是家里最有背景的，他爹已经退休一年多，隔三岔五打电话让他回家娶妻生子。说家里房子也盖好了，车也买上了，给他提亲的人快要踢破了门槛……最重要的是，老爷子说："我和你妈都老了，就你这么一个儿子，你整天在外头漂着什么时候是个头儿啊？我和你妈咋办？老了老了，身边连个人儿也没有……"

那会儿正赶上他们在一家酒吧的生意被另一个唱的更有模有样的乐队顶替，生活又陷入窘境，于是，贝斯手思前想后终于开了口。贝斯手一开口，整个乐队就被撕开了一条口子，吉他和鼓手也顺理成章地再度回归故里……只剩下叶子自己。

我其实并不认识叶子，知道这些事也是在社区举办的一次卡拉OK比赛上，我闲来无事去看热闹，叶子去参赛。她是极少数参赛唱摇滚的歌手，赢得现场一片哗然，评委询问她唱摇滚的经历，她便从头到尾讲述了"456乐队"的开始和结局。评委问她还要不要坚持自己的摇滚梦，叶子说还想试试。评委对叶子的演唱给予了很大的肯定，并且说了一句满富哲理的话——坚持，有时候就意味着孤独。叶子含着眼泪使劲点头。

叶子的成绩不错，以前十名的成绩成功进入决赛。决赛的时候我有点杂事，没去看，不知道叶子究竟取得了什么样的成绩，也不知道她对未来的道路怎样打算，但不管怎样，有梦敢去追总是好的，不管成功，还是失败，都不负青春。

一句好话与一份坚持

人的一辈子，谁也没有办法提前知道会和什么样的人相遇，这个人会带给你怎样的改变。人和人之间，最初的第一眼几乎都是擦肩而过，有时彼此心里正忙着想其他的事情，顾不上打量就各走各路；有时彼此投来些许友善的目光，心感慰藉，一旦有人伸手，便开始并肩前行。

1995年，我在县城里读高中，那是我们县里最牛的高中，每年都有相当可观的升学率，也不乏考入一流名牌大学的佼佼者。但我考进来时成绩并不优异，第一次年终考试得了班级第19名还差点激动得落泪。更让我觉得我在这个班里靓丽起来的是，高二那年，学校的团支部组织了一次作文竞赛，要求全校同学全部参加，文体不限，1000字左右。而我竟然莫名其妙地获了奖，全班唯我一个，奖品是粉色的硬皮记事本，现在仍旧保存完好。

我当时感觉自己特别像灰姑娘在瞬间穿上了水晶鞋。毕竟，小学和初中时也参加过很多作文比赛，但没有一次获奖，中考的语文成绩刚刚及格。以我的见识来说更加的没法提。从小到大，从没有接触过同一县城之外的同学，从来没有积极认真地用普通话与人交流，就连课堂也不例外。那时的我，用唯唯诺诺来形容再贴切不过，连与同学最起码的打招呼，也常常在假装没看见或是等待对方先开口中哆哆嗦嗦地前行。所以，我的作文里绝对没有什么引经据典、旁征博引、博古通今的震撼人心的语句。

我哪里想得到我能够在这样高档的学府里获奖？

第一个跑来给我传递喜讯的是一位姓杜的女同学，她一跑进教室就大声声："哎，×××，你的作文获奖了！贴在学校的黑板墙上了！"全班哗然，我不知所措。她继续说："我刚才在下面看了，你写得真好，说不定你以后可以成为大作家呢！"

大作家？

我的脑海里一下浮现出了几个人——徐志摩、戴望舒、鲁迅、艾青，之所以出现这几个人的名字，是因为刚刚学了他们的课文——《再别康桥》《雨巷》《纪念刘和珍君》《大堰河——我的保姆》。

成为这样的作家，简直是做白日梦，这点我确信无疑。但听她这样说，心里还是有种莫名的冲动和欣喜。从那之后我开始喜欢读一些文章，并对学校的图书馆产生了些许兴趣，偶尔会假装虔诚地坐在图书馆翻看一两个小时。到我高考时，又有几次作文被老师当作范文让我在同学面前闪耀了几下。我参加高考的那年，作文的分数是60分，我听数学老师说我得了58分。这一消息的确切程度我并不敢确定，因为数学老师究竟是怎么知道的，而语文老师为什么都没有说这事，我一直很纳闷。但不管怎样,我觉得我还是写些东西,哪怕只给同学看或是只给老师看。

尽管愿望单薄,但我一直喜欢涂涂抹抹地写点什么,有时在校刊发表、有时在厂报发表,不管被放在哪一个角落,我都感觉荣耀无限。直到现在仍然这样,每每看见自己的书出版,总是难掩激动,如同高中时获奖那样,如同听到杜同学说"说不定你可以成为大作家"时那样。

我知道我与我脑海里最初闪现的那几位大作家的距离仍旧是遥不可及,成为那样的作家对我而言连梦想都不能算,最多算是幻想。但我还是很喜欢这种感觉,哪怕作为他们的偶像,捧着他们的书坐在阳台上睡着,也感觉近了。

有一段时间,我忘了什么作家不作家的心境,很想换个职业来做。原因是每天对着电脑自说自话,不见得有人喜欢,也挣不到贴补家用的钱。我记得小时候我妈总说"人穷志不短"的话,但是移植到生活中来,就往往变了味儿。我可以不为一个"穷"字向他人伸手或折腰,但却不能阻挠自己想要用自己的劳动换一份儿挣钱多的工作的思想动荡。

我用了好长一段时间思考了几个当时很流行的问题:第一,我想做什么?第二,我会做什么?第三,我该做什么?顺序是我自己列的,因为我不记得应该先问什么后问什么。经过缜密思考我逐一回答了自己的疑问：

第一，我想做什么？我想做一份挣钱多、离家近、又不太拘束的工作。

第二，我会做什么？这个问题几乎要了我的命，因为我发现我什么也不会，大学里学习的机电一体化，当时就有三科不及格，毕业后虽然从事了相关工作，但几乎一直都处于学徒阶段。业务员也做过，结局是因为拉不到单子而被开除。除此，就剩下目前这个"码字"的能力了，虽然没有什么成绩，但总归还有人愿意找我。

第三，我该做什么？答案很简单——继续。

这样想了之后，心里就踏实了，没事儿找几本书看看，或是与朋友讨论一下选题，就觉得自己又成了大作家们的幸福的跟随者了，并一路乐呵呵地干着。有时候，还会想起杜同学的话来，也就更加愿意付出一些辛苦，哪怕只是多憧憬了一下戴望舒的雨巷，或是多了解了一点刘和珍君，又或者在电视节目里看到了大堰河，都觉得自己也跟着有文化起来。

如今不知道杜同学在哪里谋生，要是有机会见到她，真应该请她吃顿饭，以表示我对她无意间说的那句话的感谢，虽然她说的时候可谓无心，但说到底还是有意无意地帮助我完成了对一份工作的坚持。

如果你是条船，可别靠岸

说来惭愧，因为自己读的书实在是太少，所以对很多事情都显得孤陋寡闻，以至于当我在老翟的电脑留言上看到这句话时，狠狠地将他赞扬了一番。随后，他回复我说：我哪里写得出这么好的诗？这是北岛先生的大作。

我立刻查了资料——

如果你是条船，
漂泊就是你的命运，
可别靠岸。

没错，这是北岛的诗，我一并对北岛先生也做了一番了解，说不上详尽，但至少有人提起他时，我不至于问"你们说谁呢"之类的露怯的话。对此，我很感谢老翟。

老翟并不老，追究起来比我还要小好几岁，之所以叫他老翟是因为他写的东西总是有那么一股子人到中年、看破红尘的味道。他也总是一副少年老成的样子，戴一副近视镜，却经常任由镜子下滑到老花镜的位置，不怎么爱笑，更不爱闹。除了在工作室完成特定的任务以赚取生活费之外，老翟的所有业余时间几乎全部用来写作、读书和思考。

我读过一些他的作品，尽管并没有被发表，我还是觉得颇具深度。所以我们有时候叫他"翟老"，一来觉得是他当得起（至少在我们工作室的几个人中当之无愧），二来他不喜出门，即所谓的"宅男"，他又姓翟，叫起来便更加的顺嘴儿。他淡笑："'翟老'太老了，叫我'老翟'吧！"

老翟就此诞生。

岁月像一条大河，左岸是无法忘却的美好青春回忆，右岸是想要拼命把握的青春年华，而中间正飞快流淌着的却是无法把握青春与回忆的隐隐伤感。世间的确有太多美好的东西，但真正属于自己的却不多。在这个纷扰的世界里，能够怀一颗平常心去争取自己的青春，也是一种境界！

老翟秉承着这样的信念，告别了与我们在一起的青春回忆，收藏起内心的忧伤，辞职去了北大。他的目的很明确，想要拼命把握自己的年华，做自己喜欢的事，写自己想写的东西，并把它们写成功。

老翟去了北大之后，我们就几乎断了联系，有关他的所有消息来源就只有他的QQ空间。他时常发表一些小心情，我也便沿着这些只言片语来串联他的生活近况——

刚到燕园（北大校园）的时候他说：

很多时候，我们的生活不是我们最亲的人给的，而是周边的很多陌生人，所以，要感谢生活中的所遇——用文学缅怀。

既然在追梦，就要大胆往前走，成功不会属于弱者，要学会为自己喝彩。

我想这个时候的老翟一定是满怀激情，期待自己的双手能够写出人世间最靓丽的文字。记得他走的时候说，不想就这样碌碌无为地做个小编辑，他要写小说，哪怕不能发表，那也是一件属于自己的作品。我们都觉得老翟比我们有思想，问他小说的名字和内容，他说还没想好呢。

过了两个月后，北京进入秋季，树叶泛黄，有时天高云淡，有时雾霾沉沉。我相信燕园里也是一样，老翟也和我呼吸着一样的空气，天高云淡的时候心情明亮，雾霾沉沉的时候沮丧一点。

我看到他说：

躺在阳台边，看着秋日凉爽的夕阳逐渐下落，感觉身底下的薄垫有些微凉。北京城里的灯火次第亮起，我关了窗，不需要音乐、电视，也不需要书籍，只听自己内心缓缓涌动的心语，也是一种快意。

这也是我目前唯一的快意了，但我还是为着自己的某种执拗而感动。也许上天在成就你之前，总是要毁掉你的一些美梦，但我相信，终究她总会给你加倍的弥补。我想一个人最大的能量在于从各种环境中寻到冷静、坚持和快乐。

有时我也思考一些高大的问题，比如：人生的意义是什么？最终我的答案是人生的意义就是要过得有意思。而何为有意思？那就要靠每个人自己去定义了。所以，当你感觉消沉或是迷茫的时候，一定要记得寻求一些安慰，哪怕自慰也行。

那一段时间，老翟想必是遇到了一些挫折，也或者对自己当时勃勃的雄心有了些许怀疑，所以也习惯性地给自己寻找安慰以及心灵鸡汤式的励志语句。他就差说"天将降大任于斯人也"了，不过老翟性格甘冽，断断不会随波逐流只单纯引用一些句子，他必得要糅杂一些自己的想法和感受于其中，并迸发出那么一两句让人有些警悟的言语来。

之后很久，老翟如同人间蒸发，头像一直灰着，大约得有半年的时间，他又满血复活，在空间里晒心情。我又看到了老翟的新语句，这一次对我来说属于爆炸式新闻，他谈到了爱情。要知道，在一起工作的时候，老翟已然二十八岁，未婚，属于大龄青年。他自己常说，像他这样没房、没钱、没事业、没背景，甚至连长相都没有的人，不成为"必剩客"才怪呢。

这一次他说：

我以为这两年心冷了，把所有的痛与爱都掩盖，静心地追逐所谓的事业。

有些爱是远远望着就好，不要触摸，也不要出声，让那种美好的感觉埋在心底即可。

这个世界永远有美好的真情，也永远有肮脏的假意，连我这样有着超凡定力的大哥都不免沾染了俗气和一些令我自己都认为不齿的恶习。

我忍不住问他是不是失恋了？他说压根儿就没有恋。我继续追问，他说是小说里的事儿。我问什么时候出版，他说还没写完，并以及其不露痕迹的手法骂了一阵子出版社编辑。但这些都没有影响他继续写下去的决心，他说再有个半年多就差不多写完了，如果实在没有人要，就在网络上发表，总比在怀里搂着强，万一有伯乐呢？

我问他：有没有退缩过？他说当然有，食不果腹的时候、遭人白眼的时候、无人问津的时候，以及自己都怀疑自己的时候，都想过放弃。只是不知道为什么，就是没有像当时离开我们去潜心创作时那么大的决心，所以最终还在坚持着。

我开始耐心等待他的大作。

约莫有小一年的时间,他的小说总算是有了眉目,和他预想的一样,并没有出版社愿意为他出版,他便将小说投递到网上,靠点击量来赚稿费。他是这样说的:

呕心沥血了三年,本人的长篇小说××××终于出炉,欢迎大家到×××网站阅读。

我自然是要看一看的,小说大概是说一个生长在南方小镇的青年出来闯荡,从一文不名到小有成就,却在转瞬间又回到一无所有的经历。期间有他的爱情,他家庭的变故,他与朋友们之间恩怨等等。

也许因为他只是一个新人,所以点击量并不算高,阅读完前面的免费章节还愿意继续花钱阅读的人更是少到揪心。我有些担心,他会不会气愤到不能自己,或者灰心丧气到不愿坚持。不过,事实证明,一切都只是我自己的臆测罢了。一段时间之后,他又晒出一句话:

当你没有掌声的时候,请问你凭什么让别人给你掌声;当你没有鲜花的时候,请问你的魅力在何处。天行健,君子以自强不息。

最近,突然感觉好多词句都不是自己理解的那样,难怪小说没人看,看来需要恶补一下了,各位有时间多指教我哈。

所有给了回复的人都浮皮潦草地赞扬了几句，有的用了调侃的口气：得了吧，你这大作家就别寒碜我们这些不识字的了！有的则一本正经：别因为一时的挫折就否定自己。

我只看了看，没说话，因为我不知道该说点什么。不仅如此，于老翟来说，别人说什么其实都是无关痛痒的。他不会因为别人说他有天赋就拼命向前冲，也不会因为别人说他不适合就立马退缩。他有他自己的想法和坚持。

时间过得很快，老翟离开后，我也很快转换了工作地点和工作重心。地点的变换不算远，从我们那幢有些年头的办公楼里搬到了家里，一个小时左右的公交车就可以到达。然而，工作的重心却是远了十万八千里，从写东西为主的所谓"文化人"换成了烧火做饭的老妈子，一天之中能正儿八经坐下来敲键盘的时间归了包堆儿过不去三小时，其中还有一部分时间用来在网上购置各种家用物品。

在家的时间自在，也轻松，所以还没什么感觉呢，就过去了好几年。老翟的空间里还是会经常晒一些小心情，比如：

今年希望能完成另外一部温暖型小说——《地铁上的紫薇花》。

很难得天气如此晴朗明媚，哥也在北京熬了八年，这种情况实在少得可怜……

今晚一个人通宵，好久没有亮嗓子了，看我用噪音污染北京城吧！哇嘎嘎。

看得出，老翟依然在文字的路上跌跌撞撞、有滋有味地前行，未必得到所谓的成功，然而他的对于写作的执着总是令我感动。当然，在他所有的心情当中，我最不能忘记的也就是他再一次照抄下来的北岛先生的《青灯》——

如果你是条船

漂泊就是你的命运

可别靠岸

说得真好。

不够好，是因为你不愿意做更高级的事

我进入第一家图书公司做编辑的时候，Lisa（那时尚且没有取过洋气的名字，我们直呼她的姓名——姜小美）还是一个刚刚毕业的专科生。工商管理专业，说文不文，说理不理，工作不好找，她也凭借着当年在校报上发表过几篇小诗歌糊里糊涂地进入了公司，我和她住在公司安排的同一间宿舍里。宿舍里还有另外两名姐妹，除了一名资格很老的"小山"姐，其余一位和我们一样，都是小字辈。

姜小美是我们几个人当中最时尚的一个，披肩长发总是定期到理发店做离子烫和护发保养，所以一直都很垂顺的样子。但是，姜小美的皮肤不尽如人意，对紫外线过敏，一到夏季，甚至到不了夏季，她的脸就开始红起来。所以，她总是带一把遮阳伞，只要太阳露出一点脸儿来，她就赶快把伞撑起来，保护她的脸蛋。姜小美喜欢化妆，除了让她紫外线过敏而使得脸蛋通红的夏季外，其余的三季里，姜小美的口红、粉底、眉笔等诸多我叫不上名字来的化妆用品都整整齐齐地码在她的化妆包里。因此，她是我们四个人当中最光鲜亮丽、最具有活力的一个。

爱美，对于一个女孩子来说，其实算不了什么。但姜小美的厉害之处在于，她不仅爱美，更爱上进。她和我共事不足两年的时间里，利用业余的时间已经通过了六科某大学中文专业的自学考试。她说，自己不是科班出身，又觉得很喜欢这个工作，所以必须得努力弥补差距。这一点与我相同，但我没有她的毅力和坚持，这事在我的脑海里飘了几天，就渐渐飘远了，后来再没飘回来。我那时候想的是，我在这里积累一些经验，过两年就可以找到更好一点的工作。我在工作之余研究的是，早市上哪家的富士苹果最甜最脆最便宜，公司旁边哪家小饭馆里的辣椒油最香最具有四川风味。

我的工作也很被领导认可，但我没有她那么辛苦。看着她一科一科地通过，我反思自己，我觉得我并非害怕辛苦，只是更贪恋眼前的安逸。因此，直到很多年后，我依然是个工科院校毕业的非科班出身的编辑，总是在某些时刻莫名其妙地觉得作为一个和文字打交道的有些底气不足，觉得自己一直是个文学金字塔最底端的三流编辑。

这么多年来一直都是这样。

但姜小美不一样，我去年见到她时，虽然她还是害怕夏日的阳光，还是会对紫外线过敏，但她已经是一家时尚杂志的副主编了。地位不低、薪酬不菲，还起了个很洋气的名字，叫Lisa，实在让我羡慕。我表达了我的羡慕，她劈头盖脸就来了一句：你不够好，是因为你不愿意做更高级的事。然后，她大概是因为怕伤了我的自尊，又补充性地夸了我几句，比如现世安稳、时间自由等。但在我看来，这些都有些浮皮潦草，只有她那句：你不够好，是因为你不愿意做更高级的事，来得最真实。

仔细回想这些年，自己一直觉得处在最底层，可是又真正为让自己变得更高做了什么呢？

比如我英语不好，毕业后也试图提升，这对我来说是高级的，可是每当和老外交谈就觉得他们说得没有我的英语老师说得清楚，我常常听不懂那些从他们嘴里蹦出来的最简单的句子，心里和耳朵都遭受了极大的折磨。所以，坚持了几次成人"英语角"之后就撂下了，理由不过是我最终不过是搞中文，就算有一天出国，也用不到大量的外语，再不过就是问个路或是找个厕所，不学就不学吧。

比如我对自己的身材不满意，很想改变，这也是高级的，于是在朋友的号召下花了不少钱办了健身年卡，然而前半年中一共去了没几次，体重没见减轻一斤。后半年就干脆一次没去过，所以到了年底，我依然是我，圆滚滚、肉乎乎。而我的朋友，每周两次，坚持不懈，没用到一年，她就瘦成了美丽的闪电。

再比如，我的社交能力很差，性格腼腆羞涩，没见过大场面，上不了大台面，一到人多的地方就手足无措、语无伦次，心里就会不由自主地胆战。我因此错过很多美好和机会，我觉得我应该逼着自己出去走走，和更多的人交往。可是，当我试着和以前不太打交道的人一同去吃饭，想要让自己和她们一样变得健谈、爱笑时，又觉得自己仿佛是一只丑小鸭硬是被放到了灯光闪烁的舞台上,手足无措。所以,两三次后,我便作罢,对自己说:圈子不同,不必强融。然后,自己过自己的清水生活。

因为如此,目前为止我始终觉得自己比别人低级,且不是一星半点,而是很多。可是,这有什么办法呢?虽然知道自己不够好,却仍然不愿意去做更高级和更有难度的事情,结局就只有一直低级下去了。

我的先生，一个初中毕业生的IT路

一直以来都没打算把先生的职业生涯作为一个可以述说的标题，摆在文章里向外人说道。因为我偶尔崇拜他时，他总说"我努力是因为你输不起，你把一辈子都赌上了，我怎么也不能让你输得太惨啊"。然后，我便沉浸在幸福之中，不再想他究竟是如何一步步走到了今天。

但是前几天突然读到一篇文章，讲述了作者的妻子从初中毕业生到年薪40万的奋斗，竟然觉得先生也很类似，于是决定拿出来说说。即便不能励别人的志，也算是我郑重地向先生表达一下我的崇敬和感激之情。

先生最早出现在我生命里时我们尚且年幼懵懂，在不同的中学读书，通过当年一种叫作"环球游戏"的游戏彼此取得了联系方式。从此成为笔友，开始了长达十来年的鸿雁传书。据他在信里讲，他的学习成绩还不错，唯独英语成绩落后到没法提，然而即便如此，他还是考上了当地的高中，只是没有去上而已。没有上高中的原因是，他有机会进入一家国有钢铁公司，并拥有当时炙手可热的"铁饭碗"，从此旱涝保丰收，吃穿不愁。

于是，在初中毕业之后，先生正式成为了钢铁公司一车间铆四组的年龄最小的铆工。我上高中的几年，他一直用他十七八岁的青春岁月很懵懂地挣着每个月200多元的工资（那时候工人的工资差不多就这个数，并不算少）。我们的通信始终没有间断，我有时跟他说说学校的情况，有时说说我在学习上的困扰；他则从来没有说过工厂里的人和事，只告诉我写信的时候地址写哪里信不会被弄丢。

我考上大学那个暑假给他家里打了第一个电话，得知他调到了北京，不再是整天拿着板子钳子四处拧螺丝的铆工，而是一名小货车的司机，偶尔也给领导开开小车混点吃喝。他给我回信，说只有学开车才能被调到北京，所以他背着家里人偷偷学了车，想到北京见见世面。

大二的元旦，他拿着一束鲜花出现在学校附近的公园门口。我们第一次见了面，我和他在我的校园里走了一圈，然后他很客气地和我说了"再见"。大三的元旦他给我带了一盒很时髦的化妆品，那是我第一次知道口红可以用刷子抹，第一次见到带有亮星星的腮红和眼影，很多年都没舍得用直到它们变质。那一年，我们正式成为了情侣，没有任何仪式感，他甚至连一句"做我女朋友"之类的过场话都没说。

大四毕业时，他成了司机班的班长，工资好像已经有一两千块钱。在我眼里也是不小的数目了，因为我的第一个月工资是600块。

我偷偷地胸无大志地盘算，如果我们结婚，虽不能大富大贵，吃饭穿衣总归还是不成问题。但是就在那年夏天，他说他要买断他的工龄离开钢铁公司（那时候国有公司私有化正热火朝天，人们不再有铁饭碗，全部改为合同制，不想继续的可以拿到一笔钱然后与公司分道扬镳），向我征求意见。我的意见是：这是你的人生历程，你自己决定。

他便自己决定离开。离开之后，他在一家工地做过资料员，工资1000元，但还没等看到光明的未来，就被工地领导的亲属顶替了。他又试图卖过图书，但他的语言组织能力又实在差得要命，仍旧以失败告终。

最终，他选择了一家软件培训学校，用自己的积蓄买了一台电脑，同时还报名参加了一所大学的成人高考，利用晚上的时间去上课，也就是俗称的"夜大"。我后来认识了他在培训学校的几个朋友，他们都说他是最用功的一个，上课认真不用说，课下的时间几乎都用来看书和向老师请教，但是他的成绩并不是最好，因为在开始的时候，他刚刚自学了三角函数，但还不知道积分和微积分是什么玩意儿。而且软件开发需要的不是汉字，而是英文，我至今无法想象，水平仅限于"hello"和"good bye"的他是怎样记住那么多代码并运用自如的。因此，他必须得努力，把自己高中和大学没有学过的东西以及蹩脚的英文都找补回来。

培训学校结业时，他的成绩还不错，老师看他勤勉，也帮他联系了不错的实习单位。然而实习单位太大、太成规模，也太要求学历等硬件条件，所以他没能留在北京的那家大公司。之后，他开始了漫长的求职之路，大约经历了两三个月的奔波，偌大的北京城终究没有一家公司肯为他开启就业之门。

彼时，我已然在S市的一家国有单位过上了衣食无忧的生活，尽管每个月只有600元的工资，但住房不要钱、水电不要钱，按时发放春夏秋冬的工作服、米、面、茶叶、白糖、肥皂等各种生活物品，我只需买点菜就可以度日。心上人没有工作，我也心急如焚。一来担心他着急上火，二来更担心家人不同意我和一个无业游民共度余生。于是，我建议他先到我在的S市看看，毕竟城市小一些，可能对人才的学历要求也宽松些。

他带着身上仅有的一千多块钱来到我为他租下的小屋时，有些难为情，但还是表现的信心满满。第二天开始，他就到大大小小的人才市场投放简历。据我粗略估计和观察，简历的数量不下上百份，但凡与电脑沾点边儿的地方他都努力投放，人家要不要他都要放上一份。一个多月的时候，终于有一家叫作"墨玉"的软件公司给他回了电话，让他去公司面试。

临去的前一晚上，我睡到朦胧时，看见他仍旧坐在桌子前准备第二天面试的材料。我说到时候人家问什么答什么呗，他说："问题是咱不知道人家问什么呀，你睡吧，我再看看。"

第二天我下班回来时，他已经在小屋里稀里哗啦地弄着他的那些材料，说明天他再去一趟，因为今天面试的人没说行或是不行，只是指出了他做的那个小软件的一些不足。所以，又一个通宵达旦，他再度启程。这一次回来时，面试官没有再给提任何意见，但却比提了意见更加的煎熬人，因为先生猜不透人家是什么意思。于是，耐心等待，同时四处求职。

期间，我所在的国企有一个所谓的"计算机"部门，大约负责工厂的内部网络等。我很有心想要让先生加入，但厂领导看了先生的简历，说他的学历不够，虽说是国家承认的大专，但毕竟是个"夜大"，况且还不是计算机专业。隔了一天，领导又将我叫去，很是开恩地说，看在先生是我的男朋友，可以把他安排到厂里的"设备处"工作，月薪400元，实习过后每年都会增加。实话说，设备处是个不错的地方，清闲到让人发疯，然而与计算机没有一毛钱关系。和先生商量后，决定放弃这个"铁饭碗"。

一周后，唯一给了先生希望的"墨玉"依旧沉默着，先生坐不住了，把自己的软件又完善了些，主动拿到公司。几次三番之后，"墨玉"的领导终于被他的诚恳打动，留下了他，月薪600元。先生兴高采烈回来报告我这个好消息，我们晚上在厂里的小饭馆点了一个炸蘑菇、一个西红柿炒蛋、一瓶啤酒、两碗米饭，以示庆祝。他说，虽然钱少，但不管怎样，算是迈进了IT的门槛，机会算是有了，今后就看自己的了。

之后，我们牛郎织女天河配，每个周末，他到我的厂里小聚，周一五点起床去上班。半年之后，我最终打算还是到北京来看看繁华、开开眼界，先生首肯。同时，我们领取了红色的小本本，我们的关系开始受法律保护。我来到北京之后，先生提交辞职信，"墨玉"表示惋惜，因为现在虽然先生还不是他们开发的主力，但却是他最为得力的助手。

在北京，我的第一份工作是销售。到各个工地联系负责人推销中央空调加湿器，底薪1300元，谈成业务有提成。先生来时，因为有了在"墨玉"的半年工作经验，也在一个月内顺利找到了工作，而且是两家。一家说年薪2万元，有中餐和交通补助；一家说月薪1500元，其余啥也没有。但先生最终选择了后者，他的理由是，这是一家刚刚创建的新公司，一切都还没有步入正轨，他可以参与到整个开发过程中来。

刚刚进入这家公司的前三个月，他常常回家很晚，因为很多东西他不懂，只能拼时间。别人不在意的他都认真去学，不管现在有用没用，总之学了比不学强，说不定什么时候就用上了。而且，他也的确给公司提出了一些不错的建议。于是，第一个月发工资时，不是1500元，而是2000元。我们高兴得不得了，第二个月发工资时，不是2000

元,而是3000元。我们又高兴得不得了。可惜的是,五个月的时候,公司宣布倒闭,先生又失业了。

再度求职,工资又退回到2000元。那时,先生对职位和工资都没有要求,只要能接触这个行业,他就很高兴地很认真地去做。可以说,他前前后后进入的四五家公司都没有白去,每个地方他都有所收获,或是技术,或是知识,或是一些管理的小窍门。

十年前,他终于进入了现在的这家软件公司,公司的规模算不上大,而且是由兄弟俩开办并领导的私人企业。他进入时要求月薪3000元,面试官没答应,先生的腰板也硬了些,拍拍屁股潇洒地走人。两周后,面试官主动联系先生,说月薪3000元,周一上班。

从此,先生的IT生涯就此稳步发展。最初,他进入公司时,公司的规模还小得可怜,加上两位总经理,在册的人员名单一共是20多人。其中还包括在其他各地区的所谓"销售经理",事实上,"销售经理"就是光杆司令一个人。而先生则是以一名普通的代码写手进入的,分给他的任务是公司正好要开发的一个资料软件,相对来说比较简单。但先生投入了百分之一百二十的责任心,大略有半年多的时间,资料软件面试,客户的满意度很高,销售经理们也乐于去推销。一来这款资料软件价格低,二来用起来方便,客户投诉意见很少。所谓薄利多销,买的人多了,销售经理的薪水自然水涨船高。因此,在先生进入公司一年的时候,由他开发的这个软件的销售额已经占到了公司总销售额的三分之一左右，先生自然功不可没。

领导给予嘉奖，工资上涨至5000元，并有意要将其提为部门的副经理，先生说："涨工资是好事，不过对于副经理我想我还没有能力。"他回来跟我说的时候，我在内心里说："你傻呀？"他的解释是，目前他的技术还不是公司一流，盲目去做管理未必是好事，况且他才来不久，锋芒毕露说不定会适得其反。

之后，他负责的这款软件资料在他的不断修改完善下，销量大增，两年后销售额已达公司总销售额的一半，于是再度加薪。彼时，我们的第一个孩子顺利在我的肚子里生根发芽，他每天下午5点30分准时下班回家，买菜、做饭、收拾屋子，晚饭后我睡下，他挑灯。儿子两岁的时候，我们还清了房子的所有贷款和从亲戚朋友处的借款，并在儿子两岁生日的那天开回了一辆代步车。坐在副驾驶的位置上，我感慨地说："虽然车子不高级，但想想我们用了四年的时间拥有了房子、车子，还有儿子，这都得算作是你奋斗的结果呢。"

先生握了一下我的手，说："应该的！"

再之后的这些年，公司逐渐发展壮大，员工已有超过200人，而他也终于接过了部门经理的职位。尽管多数时候他仍旧会冲在开发工作的最前沿去写代码，但比起当年一身油污、戴着污突突的线手套拧螺丝时，总归是步入了白领阶层。

现在，对我们来说，现世安稳，岁月静好，第二个小宝宝也悄然来临，正在我的肚子里迅猛地生长，眼看一个新生命就要到来，压力也自不必言。先生说过几次，身边的同事有很多跳槽去了大公司，工作条件很是优越，我以为他动了心，问他是不是也有想法了？他说："没想法，今天的一切都是公司给的，离了公司，我什么都不是，面对公司的问题，像我这种半个元老级的员工应该积极面对和解决，而不是选择跳槽。"

我更加崇拜眼前这个身高只有1.7米，体重却有160斤的一周才想到刮一次胡子的四十岁的男人。至于以后究竟能够年薪多少，我们都不得而知，这要看公司给他的股份会不会再增加一些，看公司的利润能不能更好一些。反正目前养活我们一家四口和一只狗狗还算富裕，比上虽不足，比下却有余，这就够了，至少对我们来说是这样。

那好，就这样一直努力着吧，用平和的充满爱和感恩的心继续为公司，也为自己！

你或许没有看起来那么努力

过去的学子们要想能够有所建树，从院试到殿试大约要经历十年的时间，因此才有十年寒窗苦的说法。现在我们早已不用寒窗苦读，但要经历的学习生涯却不仅仅是十年。小学六年，初中、高中各三年，加起来就需要十二年，这还不算之后考上大学，再读硕士、博士的时间。

而我，较之绝大多数学生又多了两年寒窗，那就是初三和高三分别读了两次。至于为什么要读两次，既不是因为体弱多病休了学，也不是因为考得极不理想鸣锣损伤，而是因为两次考试我都高估了自己，报的志愿高，考的分数低。

我之所以会高估自己的成绩，是因为我从上小学到初中成绩都很好，而且上初三那年我感觉自己格外地用功。我记得有好几次，父亲、母亲都睡着了，我睡不着就开了灯，拿了书来看，母亲大概被我惊扰，跑进我的屋子发现我在学习，以为我幼小的心灵就承载了太多大人对我的期望，心疼得不行。

有了这样的经历，我似乎觉得努力是件很荣耀的事情，仿佛只有这样自己才能距离目标越来越近。于是，我点灯熬夜的次数增多了许多。可是,"夜半读书,闻鸡起舞"并没有给我带来好成绩。原因大概只有我自己知道,那就是我常常眼睛看着书本,脑袋里却想着琼瑶阿姨的小说。

高考时我再次陷入这样的怪景象,看着周围的同学们都早出晚归,我也觉得自己要是不拿出个样子来似乎这三年就不知道自己是来干什么的。于是,我到宿舍楼下的小卖部买了能装三节1号电池的大手电筒,以供宿舍熄灯后自己能在被窝里继续鏖战。事实证明,我那根本就不是鏖战,而是熬鹰。因为最后高考时,我连本科都没考上,只够专科线,所以就又多了一年寒窗苦读的机会。

后来,我渐渐发现,其实我不过是芸芸众生中的一个,因为跟我一样的人还有很多。比如抗战作家张天翼笔下的"华威先生",他的时间就很显得比别人紧张很多,书里有这样一段描写:

> 他说:"我恨不得取消晚上睡觉,希望一天不止二十四小时,抗战工作实在太多了。"接着掏出表来看一看,那一脸丰满的肌肉立刻紧张起来,他立刻就走:要到难民救济会开会。

可事实上,他并没有因为忙碌而取得什么像样的成绩,不过是摆样子罢了。

很多时候,我们都会不自觉地在某件事情上倾注大量的时间,比如去图书馆看书，或者赶早贪晚地学习，或者连续加多少个班，时间多得连自己都不得不相信自己一直在努力奋斗。然而，努力的初衷或许是好的，但在这个过程中其实很多人也许努力了一次两次之后就已经悄然改变了。他们继续做这个样子的潜意识的想法不过是想要抵御自己内心的不安和极大的空虚感，或者根本就是因为看见大家都这样，于是便随大流认为自己也要跟着做而已。至于在这个时间段里，自己是否把所有的精力都付诸此项工作，连自己也心虚。

前几天，听先生说他所在的公司最近辞退了一位中层领导，论资历、论努力做个中层领导都毋庸置疑，但偏偏在他任职了半年之后却被辞退。他最后一次在公司内部的网络会议上说的几句话是：

很遗憾，不能与大家继续一起努力。我不知道，这段时间以来，自己究竟在忙碌什么，我的努力意义何在！祝大家天天开心，祝公司日日腾飞！

这最后的"不知道自己究竟在忙碌什么，努力意义何在"说是怨愤无可厚非，说是觉悟也未尝不可。先生说，其实他看起来真的很努力，每天早上他几乎总是第一个打卡走进公司大门的人，每天晚上他又几乎总是最后一个下班锁门的人。周末,当别人都在陪着孩子、老婆的时候,他常常通宵达旦地和那些剪不断理还乱的公司事务纠缠。

如此卖力地去做一件事,可是临了却以被辞退而告终,听起来不免叫人遗憾。

但是,有那么几次,先生从他身后经过时无意中发现他的电脑界面上竟然也有小游戏,有时候他写一份工作报告需要比别人用更多的时间。他看起来行色匆匆,但是他去茶水间的频率却比别人多很多。他会将自己的下属叫到办公室里,说上一两个小时,至于内容,关于公司事务的居多,但期间也总会穿插很多与此无关的国际形势、家庭关系等并不相干的事情。

所以,他的时间总是不够用,他总是看起来非常忙碌,而他的成绩和效率却低得可怜。他在职的时候有人问他"干吗这么卖命",他说"在这个位置就不能像以前似的那么清闲",言外之意,"在其位就得有其样"。

大概很多人也都是因为这样原因才把自己下意识地搞成了争分夺秒、日理万机的样子。即便忙碌和努力的内容与目标并不接近,哪怕没有进展,只要自己的样子看起来是在为这个目标而努力,心中也就得到了极大的安慰,这种满足感足以抵御因为不努力而带来的躁动和不安。这是一件既轻松又有说服力的事情,既可以自己麻醉自己,又可以堂而皇之地宣告他人——你看,你看,我的确是倾尽自己全部精力的。

只是,此时若是来一个问句,问问自己:"这样耗着时间有什么意义吗?"相信连自己也只能回答一句"呵呵"了吧。

第六章

乐是风景，痛是人生

有时候，太过顺遂也是一"障"，不曾与失败和疼痛直接缠斗过，再惊人的高鸣中也往往会少一点什么。

除了高档餐厅也得吃吃路边摊

周六那天天气闷热,上午十点多的时候,北京的各条街道就已经变成了长条状的大蒸笼,无边无际,走到哪儿都像个肉包子在笼屉里瞎蹦跶——逃不开的热。从超市出来的时候正是中午,根本不想开车,因为从超市门口到车子的距离已然让我心生畏惧。

于是转身进入一家拉面馆。说是拉面馆,实际上就是临街的一个小店面,装修和店员都不算讲究,店员是老板娘,里面的厨子就是老板。我第一次来是因为太饿,看见了吃饭的地方就如同得了救星,饥饿难耐的我觉得我吃到了前所未有的好滋味。后来,在不太饿的时候也光顾过几次,因为还是觉得他家面的味道很好。

我点了一小碗拉面和一个肉夹馍,找了一个安静的角落坐下来,店里的冷气吹过来的方向与我大约呈二十度角,既吹不到我又很凉快。拉面腾腾冒着热气,但因为店里温度低也便不觉得这热是讨厌的热。我用筷子挑了几根面条放进嘴里,有很浓郁的清真味道,喝了一口汤有很浓郁的白胡椒的辣,感觉浑身的每一个毛孔都打开了,不是一个畅快可以形容的。肉夹馍也很好,膜脆肉烂,有股特殊的香味。

我正吃得欢的时候,进来两位"贵客"。因为看他们的穿着实在不是逛早市、吃街边小店的样子。男人大约四十出头，灰色T恤搭配同一品牌的灰色长裤，整个人看起来干净清爽。与他一同进来的是一个十来岁的小女孩，白色的公主裙一尘不染，头发上的小小皇冠闪闪发光，加上孩子白皙的肌肤、精致的五官，真有种惊为天人的感觉。

女孩说："爸爸，你干吗带我来这里啊？又脏又乱，怎么吃饭啊？"

男人微笑着说："这里也许有你意想不到的美味呢，来，坐这。"

小女孩嘟着嘴，不情愿地坐在爸爸身边。男人环顾了一下四周，大约是想看看大家都吃些什么。因为这家店面很小，也没有过多的菜品供客人选择，而且来这里吃饭的人大多也都是为着填饱肚子而已，所以关于服务生拿着菜单过来说"请您点餐"或"吃点什么"这一环节是完全省略的。你可以在店里四处走动，看墙上挂着的简单菜品，也可以直接喊："老板，一碗拉面！"客人吃完饭走的时候，只要喊一声"老板，给钱"或者说"老板，钱放这了"就可以了。很简单的程序，很简单的语言，也是很简单的思维。

男人也如同我们一样，对老板说："老板，一大碗拉面，一个肉夹馍。"老板娘立即对里面喊："一大碗拉面，一个肉夹馍。"不过一分钟的时间，一大碗拉面和一个肉夹馍就被送到了父女俩的桌上。小女孩立刻闻到了肉香味，说："好香啊！"然后，拿了肉夹馍大口大口吃起来，腊汁肉的汤水流到了小女孩的手指上，她怯怯地对爸爸说："爸爸，我可以舔一舔我的手指吗？很香哎……"

"可以，舔吧。"男人笑容满面地看着孩子。

女孩看了看爸爸碗里的拉面，看看周围那些正使劲吸溜吸溜吃面的人，又问爸爸："爸爸，我想要吃面，像他们那样，可以吗？"

男人招呼老板娘要了一只空碗，用筷子将半碗拉面分到孩子的碗里。小女孩立刻学着周围人的样子吸溜面条，但她用力过猛，面条一下子被甩到了脸上，她咯咯地笑着，笑得那样开心。

男人说："怎么样？这里也不错吧？"

"嗯，特别好，这里不用努力坐端正，不用一直拿餐巾纸擦手擦嘴，也不用一点一点将饭送到嘴里，还可以一边吃一边笑……"女孩兴奋地说着。

的确如我所想，这是一个生活在上流社会的孩子，在她的生活里也许苍蝇、污垢从来不曾出现。她手指碰触的是钢琴，她的眼睛看到的是在花丛中飞翔的天使，她的餐桌上是安静、文雅和高贵，她从来不知道面条可以吃出声响，不知道吃一顿饭原来可以如此简单……

还好，还好，她有一个与众不同的爸爸。这个绅士一样的爸爸竟然愿意带女儿来尝试一下吃街边小店的感受，让她的世界里又多了一抹色彩。即便这色彩并不美丽，但因为有了它，生活才更接近生活。

人生不就该如此吗？看多了天堂的明亮，也要看看暗沟的逼仄；除了高档餐厅，也得吃吃路边的小铺。而当你真的从云端落到土地上，沾染满身泥泞时，也许才能真的轻松起来。

我们只是又回到了人间

从单元门口到小区外面的超市是我从搬到这里来走得最多的一条路,每天的柴米油盐都要经过这条路源源不断地输送到家里,这条路就如同"丝绸之路"一样重要。

也是在这条路上,我注意到了一个男孩,看个头大略应该有八、九岁的光景,面容干净帅气,穿戴整齐,总爱哼着不成调的曲子。我从没有感觉在小区里总是碰见一个熟悉的面孔有多么不可思议,只是我看到这个孩子的时间大多都是上课的时间,略感蹊跷。

事情总是这样奇怪,你越是注意到了某个人,这个人就开始越来越多地出现在你的视线里。这个男孩也是这样。有一天早晨,我和先生去楼下吃早餐,正巧又见到那孩子,他已经长高了一些,跟在他身后的是一位年轻女人,我猜想是他的妈妈吧。

那孩子径直走向我们的餐桌,用一把不知道哪里来的勺子在我还没来得及吃一口的香喷喷热腾腾的馄饨碗里利索地搅了几下,然后扔下勺子走了,只剩我在馄饨碗前面一头雾水。我和先生不约而同望向孩子的背影,迎来的是他的妈妈对我们歉意的笑,以及轻摆的手,示意我们不要说什么。我这才知道,原来那孩子竟是智障。我很钦佩那位妈妈,不急不躁,不怨恨自己的孩子,不因为孩子的痴傻而懊恼或羞愧,只是小心地呵护着他。

时间过得很快,转眼间我的孩子已经上了小学。每天接送他回来总要路过小区的西门,西门有一大块平地,那是孩子们的乐园。尤其在夏季,三岁以上十岁以下的孩子都爱聚集在这里,骑童车、滑滑板、做游戏,有些大孩子也不拘着玩什么,只是在一起厮混打闹就足以让他们心花怒放。我接儿子回来的路上,也常见那智障的孩子在一位老人的看护下在这里玩耍。他不说话,只是来回来去在孩子们中间穿梭,嗓子里发出一些嗯嗯啊啊的声响。有时,他也会安静地蹲下来用小树枝在地上漫无目的地乱画。

老人通常不会紧贴着孩子,她看孩子安静的时候也会和邻居的老太太们聊聊家常。临走的时候,她会将孩子叫过来,让他说"奶奶再见"或者"爷爷再见"。那孩子像是从另一个世界走过来的懵懂的生灵,不知道如何参与(或者他根本就不屑于参与)这人间的杂事。我只听见他含含糊糊地说过一次"奶奶再见",而我之所以能够听懂是因为我听见了他家的老人对他说:"乖,来,和奶奶说再见。"否则,我断断听不出从那孩子嘴里咕噜出来的是什么。但那老人却异常兴奋地抚摸着孩子的头说:"真棒,真懂礼貌,会和奶奶说再见了!"

也许是我盯得太紧,忘了将目光及时收回,老人转身时与我的目光撞了个满怀,我有些尴尬,似是偷窥了别人不想为人所知的秘密一般，我恨自己的迟钝和无礼。但老人却十分淡然，对孩子说："叫阿姨。"

然后，我听见那孩子的嘴里流淌出一些类似语言的音符，我也跟着说："你好。"然后，我们一同向北。我自认不是爱打听别人隐私的人，但到底还是没忍住问起孩子的病情。老人说孩子生下来的时候个儿太大，所以难产，可是当时他们是在西北老家，医疗条件有限，最终孩子大脑缺氧才成了现在这个样子。老人叹了口气，说这孩子身体发育倒是很好，只是从来没有说过一句像样的话，心情好的时候就安静地坐着或站着，有时也嗯嗯啊啊地哼几句；心情烦躁的时候就会乱嚷乱叫，偶尔也摔东西。如今，孩子大了，能够自己骑着自行车到处跑，家里人就得拼命追，生怕一不留神跑丢了。

我很想安慰老人两句，却不知道如何开口。我想起我的二姐，和老人聊了起来。

二姐是我们姐妹五人中除我之外，学历最高的一个——高中毕业。但她读高中的时候正赶上二十世纪七十年代热火朝天的"支农"运动，所以在她们那个时候学习成绩的好坏无关紧要，重要的是要多劳动。我猜想，大概就是那个时候培养了二姐热爱劳动的习惯，直到如今，二姐已经进入了"知天命"的年纪，对家里家外的活计都毫不犯愁，田间地头春种秋收也好，屋里屋外烧火做饭洗洗涮涮也罢，没人不夸二姐是把好手。

可是二姐命运多舛，不得老天眷顾。她的孩子，也就是我的外甥，在出生三个月的时候患上了大脑炎，高烧不退，那时农村医疗条件很差，开始时村里的赤脚医生给了些退烧药，但仍不见好转。当她们骑着自行车终于到了几十公里以外的县城医院时，孩子已经烧了三四天。二姐回忆说，当时孩子因为高烧而抽搐，她哭着说："完了，孩子完了，儿子要没了……"但二姐夫不松劲儿，说只要还有一口气就要不能把他扔下。

经过抢救，孩子总算是活了过来，但却一连住了三个月的院。小外甥每天只能平躺在病床上，昏昏沉沉地输液、吃药，以至于到现在外甥的后脑勺都平整的如同二姐整理过的一方田地。

那个时候，我们说得最多的一句话大概就是"谢天谢地"了，我们一位命运之神到底还是眷顾了勤劳的二姐，但后来我们慢慢发现，二姐要承受的并非孩子生病的这几个月。因为外甥的智力始终赶不上同龄人，小学没有读完就辍学了。而事实上，上学的那几年他也没有学到任何东西，甚至连自己的名字都写不好。好在外甥生理无碍，生得强壮，加上二姐额外照顾，养得一副好身板，好歹算是一点安慰。然而，他的语言沟通却不顺畅，他也能说整句的话，不口吃，舌头也灵活，只是你对他说的话他常常听不进去，而他想说的话又不管你想不想听，他总是固执地以他自己的方式说出来，且常常不顾场合是否合适。

这些都算不上最让人苦恼的事，真正让二姐发愁的是孩子已经二十好几了，还娶不上媳妇，眼看着别人家的孩子都娶妻生子，二姐心如刀绞。后来，经人介绍，终于娶了现在的外甥媳妇。外甥媳妇生得娇小，也喜欢打扮，模样还说得过去。两人一见倾心，半年后我们都如愿参加外甥的婚礼。我们这些姨妈们个个都激动得要流下眼泪来，当然最欣喜的还是二姐。后来我们翻看外甥结婚时的照片，二姐自己都说："哎呀，那天我就一直这么咧着嘴乐来着？砢碜死了。"

砢碜也是喜悦的，因为二姐心里的石头总算落了地，她就等着抱孙子了。可是，天又不遂人愿，结婚两年里外甥媳妇的肚子鼓了两次，但没到三个月时就不再发育。到医院检查才发现是子宫畸形，本打算来北京做手术矫正，但经过一年多的各种检查发现，子宫畸形只是一方面，这孩子的染色体还有两对不正常。医生的建议是——领养一个。这几个字说来简单，但于二姐而言，算是彻底断了她做奶奶的念头。

记得从我这里走的时候，二姐一直忍着眼泪，可是出了小区的大门，二姐终于号啕大哭起来，我束手无策，呆若木鸡，五内俱焚，又无言以对。

如同现在面对老人家的哀叹。可是老人却不似二姐那般哭天抢地，她只说："谁家有这样的孩子都不容易，尤其父母，心都操碎了。多劝劝你姐，别总往坏处想。人生在世，原本就有苦有乐。我们高兴的时候是进了天堂，难过的时候只不过是又回到了人间。像我们这孩子，说起来远不如你那外甥呢……"

我不能想象老人家以及那孩子的母亲究竟经历了多少撕心裂肺的时刻，才能够悟出并说出如此真理一般的话来。我在那一刻，忍不住在心里对二姐说：

听见没，二姐？这世上没有地狱，只是天堂和人间，乐是在天堂，痛是在人间，如此而已。

我们就这样想，好吗？

母亲的白内障

春节过后,季节已经开始迈向春天,门口的大杨树虽然还没有长出新叶,但看起来已经不是冬日里那副了无生机的样子了。只是母亲的眼睛越发昏花了,甚至有一只眼睛已经接近失明的状态;而另一只眼睛尽管状况稍好,但仍然无法让母亲看清东西。她有时候在阳光正对着眼睛时会感觉有一条金黄的大龙在眼前盘旋,有时又总觉得眼前有东西挡住视线。

我们几次劝说母亲去做手术,她却一直推脱,说人都已经老了,还去做什么手术,又遭罪又花钱。事实上,母亲的眼睛在几年前就查出患有老年性白内障,做手术也很简单,用医生的话来说"只是个小手术,一小会儿就得"。只是母亲一拖再拖,又常常很孩子气地说我们老是催她做手术是因为担心她瞎了会拖累我们。我们也便只能笑笑,不再多说,毕竟母亲已经八十多岁,家里家外大小事宜一应不用她来操心,她只管吃好睡好就是我们的福分了。

事情的转机发生在今年的六月份,我的肚子里很是意外地又多了个宝宝。思来想去,觉得一个小生命就这样不知经过几世轮回才投胎到了我的腹内,不嫌弃我,我怎么能狠心切断这段母子缘呢?于是,决定留下他。当时，母亲正在我这里小住，她先是埋怨我们不小心，接着就心疼我们之后的精力和经济都要经受巨大的考验。然后，她开始想到了摆在眼前的最为现实的问题——谁来伺候月子，谁来帮我带孩子。按照中国的传统，婆婆当然是不二人选，但她刚刚摔了个跟头，胸椎压缩性骨折，站的时间长一点都要将两只胳膊向后伸展、胸部前倾、脖颈后仰，如同要保护幼崽的鸡妈妈一样，所以我早就断了念想。可是还有谁呢？姐姐们倒是都自告奋勇，可是她们也都拖家带口，伺候我一个月子倒是不成问题，成问题的是一个月之后，我如何把这个小家伙拉扯大，并保证不冷落已经上了小学的儿子，能照常照顾他的日常起居以及督促作业等。

于是我说："妈，你去做手术吧，这样你可以帮我看孩子，至少我去接大宝时，你可以看着这个小东西不滚到地上摔了，或者他小的时候躺在床上不会被被子捂了嘴巴。你说呢？"

没想到，母亲二话没说就立刻答应了。那一刻，我在想：真是可怜天下父母心啊！为了能够帮助女儿，拖了好几年的难题就这样瞬间解决了。

接下来便是准备母亲的手术，的确如医生所言，简单得很。一共去了两次医院，第一次是给母亲做全面的身体检查，以确定母亲是否具备手术的条件，用时三个多小时，检查结果一切正常，母亲的手术可以进行；第二次便是手术，上午到医院，安排了一张病床，休息半天，下午四点手术，四点十分左右就宣告手术成功了。

让母亲难受的是，那只几近失明的左眼由于老年性不可恢复性的老化，即便做了手术仍然无法保证看见东西。因此，并没有做手术。右眼完成手术后需要戴着眼罩一整晚，到第二天才能揭开。

这一段时间，母亲去哪儿都要人扶着，因为她找不到路。即便扶着她走，她也还是觉得自己没走直线，脚底轻飘飘不知踩的是什么地方。那时她不停地念叨："幸亏现在做了手术，否则要是真瞎了，恐怕我活不过半年就得憋闷死了……"

有趣的是第二天回到家里的情景。医生嘱咐，半路不要揭开眼罩，以免路上有风刮了尘土进入眼睛。进了屋，母亲迫不及待地揭开眼罩，她的第一句话是："哎呀，就这一天，你们把墙也刷了？这炕上的席子也换新的了？还有我的被套都洗了？这么快呀！"

大家大笑，告诉她什么也没变，还是原来的那些。母亲自己也笑。

又过几日，母亲打来电话，说这个手术做得太闹心。细细听来，竟然是因为她早晨照了镜子，发现自己老了，还颇为风趣地说："以前这眼睛里有瘴，看什么都模模糊糊，一直觉得我这八十岁的老婆子比起同龄人来光鼻子光脸地还算是年轻，可是今天自己照镜子才发现，脸上的褶子竟然那么深。我自己都纳闷了，闹了半天，自己都长成'化葫芦'("化葫芦"是我的家乡话,本意是说葫芦没长成就萎蔫了,多形容人长得褶褶巴巴,丑得不成样子)样儿了!还有,我这胳膊啊、手啊,皮都松了,可真寒碜!"

又两日后我打电话给母亲,想问她做葱花饼时面要硬些还是软些。但母亲又不由自主地说起了她的眼睛,她说她这几天仔细端详家里的人,发现她的孩子们也都老了,脸上也都有了皱纹,头发也白了许多,真是岁月不饶人。言语间不似说她自己那样轻松而调侃,反倒更多了些凄凉。

我有些怅然,不知道母亲的这个手术究竟该不该做,想不明白究竟是让她行动不便地活在年轻的岁月里更好,还是让她出入自如地感叹时光老去更好。

我说:"妈,你做了手术心情倒不好了,是不是后悔了?"

"没后悔,这样的确看东西方便多了,不像以前,天一擦黑就得摸窗户摸门的。再说了,我还得帮你看孩子去呢,瞎着俩眼,怎么看啊?"母亲斩钉截铁。

这也让我有些惶恐,我既说了要母亲来,她是一定要来的,帮自己孩子的忙,那是母亲赴汤蹈火也在所不惜的。可是,重见了光明的母亲却不知要为此付出多少辛苦。

现在,母亲的手术已经过去几个月了,她开始慢慢接受了自己和自己的孩子都已不再年轻的事实。而我的肚子也渐渐明朗起来,搭公交时开始有人让座，有人不小心碰了我时也会让对方无比惶恐，我开始享受孕期带来的幸福和特权，也准备孩子出生后的辛苦。

世事总是如此，没有十足的好，也不会有十足的坏，好坏参半，喜乐相随，便是十足的好时光。

孩子，妈能给你的只能这样

不知道怎么的，最近两三年对孩子不知不觉就有了一种执意地想要守住什么的神气，这种神气里不仅有温柔，也掺杂了不少的凶霸。不肯退让，不肯商量，仿佛要把关于孩子的所有的细细琐琐的东西都一一护好，不容有半点闪失。

这样愚笨的思想也不是从我生了孩子就有的，也是经历了很长的时间和很多的事情，以及看了很多的文章之后才渐渐"领悟"的。比如，一个优秀的孩子必然离不开一个优秀的母亲。那么，何为优秀的母亲？简单的套用网络上的一段话来说，要十八般武艺样样精通，你得"上得了课堂，下得了菜场；做得了蛋糕，写得了文章；教得了奥数，唱得了宫商；搜得了攻略，背得了行囊；想得了创意，办得了专场；……当得了奴隶，做得了女王"。

期间大约还有几条，记不太清。我想对于一个母亲，其实不管怎样都会用心去做，我也毫不例外地想要为着自己的孩子竭尽所能。前面的那些自认还不错，比如婚前从来没有切过生肉的我如今也鸡、鸭、鱼、肉不在话下，曾经最不喜热闹如今也时常为儿子举办小party，曾经自己的衣物也要老公代洗现在却甘心把手泡在洗衣液里搓他的小臭袜子……但这些据说并不是最重要的。

最重要的是最后一点——当得了奴隶，做得了女王。前者我已经有过之而无不及，后半句却难倒了我。一个母亲的言谈举止将影响男孩子将来的婚姻观，并将会对他日后的行为习惯的养成具有不可估量的作用。我霎时间觉得自己责任重大，仿佛自己如果不能为此呕心沥血，必将要亲手毁掉一位英才、一位绅士，甚至一个男人一生的婚姻幸福。于是，我开始以身作则，凡事和他讲道理，绝对不打不骂，以最亲和的笑容、最冷静的态度、最优雅的举止来应对他的种种无理。

可我终究不是女王，我是一个到了高中才知道洗面奶为何物的乡丫头；没有人为我打理好日常的吃喝拉撒，我需要自己去买菜、做饭、洗衣、拖地、遛狗，还要兼顾已经拖延了许久的稿件。可是，你能指望一个七、八岁的男孩子理解你的辛苦吗？别做梦了，他才不管，他需要的是为所欲为，是逐渐挣脱我的怀抱和唠叨，他希望他做作业的时候能够穿插进各种奇思妙想，比如当他写到"试验"两个字时，需要立刻拿出他的瓶瓶罐罐，来一场颜色大战；当他看到数学书上画了几只小鸟时，便得找出他的那些枪支弹药，然后躲在门后，等你一出来他就像潜伏的狙击手一样冲着你的脑门来上一枪；又或者当他在英语书上看到"boy"时，先要找到纸和笔来画一画他的同桌刚刚剃过的光头……当你终于耐心把他一次又一次劝回到座位上，告诉他要写完作业再来做这些事的时候，他通常的攻略是"妈妈，我口渴""妈妈，我要大便""真不好意思，妈妈，我有尿了"……

是的，就在昨天，我终于忍无可忍，当家里的狗狗莫名其妙地狂吠了一声后，我拿起手中的笤帚冲到狗窝，对着无辜的小狗大吼："你再叫一声试试，看我不打死你！"说着还将手里的笤帚使劲在狗窝上敲了一下。

儿子见状，瞥了我一眼，淡淡地说："妈妈，我劝你还是冷静冷静。"

"冷静？你简直要气死我了，你让我冷静？"

"我怎么了？你至于这样吗？"

"我怎么不至于？三点二十放学，三点半到家开始写作业，你看看现在几点了？八点！半个小时就能写完的作业你磨蹭了足足四个多小时！我为什么不能发火？……"我的情绪一泻千里。

可是，儿子却很淡定地说："妈妈，我觉得你这样不好，你这样发脾气会对我造成坏影响的，以后我也会像你一样！"

用晴天霹雳来形容我当时的感受大概再妥帖不过，我一下子又回到了想要做个优雅、从容、大度、亲切的妈妈的角色。然而，人要想一下子从一种情绪转化到另一种情绪并不容易，我安静了几秒钟，在这几秒钟里，下班回家的孩子的爸爸看到眼前像摆地摊一样的各种书和作业本，以及我们母子俩肃穆的神情，心知肚明。他急忙劝说儿子："没事，儿子，妈妈只是太累了。"

人一旦被理解就容易掉眼泪,我一想到我从早忙到晚的辛苦,便忍不住泪如雨下,越想越伤心,越伤心越忍不住要想。先生一边递给我一张纸巾,一边给儿子倒了一杯水,说:"好了,喝点水,快去写作业吧。"

不料儿子却说:"给妈妈也倒一杯吧。"

小鬼头子,你竟然这样折磨你妈!一会儿气我,一会儿心疼我!你跟我有仇吗?虽是这样想,可心里仍旧充满了愧疚。感觉自己爱孩子竟没有他爱我那样多,我累了可以朝他发脾气,他累了我却要他坚持;他生气了我怪他不懂事,我生气了他还想着给我一杯水;我被人理解的时候感觉舒畅多了,可我何曾真正理解过他呢?……

一连几天我都活在羞愧当中,我觉得自己纵然牛马做得响当当,却在这一点上给孩子做了最坏的榜样——我不该让他看到母亲竟然也会有如此暴躁、如此不能自持的丑陋的样子。

后来,与一位朋友聊天,她说大多数孩子都是这样。她刚看了一篇文章,说家长之所以觉得孩子磨蹭,是因为孩子的磨蹭打乱了大人的生活秩序,于是大人就反过来打扰孩子的秩序。

这真是一个让人震惊的说法。

我从来没有觉得我在努力希望为他做更多的事情的时候竟然打乱了他的生活秩序!好吧,从现在起,我尽量放慢我的节奏来等待你,像一位优雅的女王式的母亲那样,坐在斜阳浅照的石阶上,望着我的儿子专心趴在地上做一名纹丝不动的狙击手。是的，我也愿意等上一辈子的时间，让你从从容容地穿好衣裤、允许你用去五分钟的时间来写好一个汉字……

孩子，你慢慢来，慢慢来。

不过，我这样的理解你，也顺便希望你不要记恨我偶尔的怒火，希望你也能明白，这个世界不光有微笑和拥抱，还会有愤怒和咆哮，有美好就会有不堪。世界就是这样，你平凡的母亲——我，也就是这样。我自然会倾尽所有去爱你，但我有时候也会忍不住发火，妈能给你的只能是这些，但愿你也能安然接受。

旧家具

刚刚成为北漂的时候，租的房子不足十平米，屋里摆设简洁明了：除了一张下面是大水泥砖头上面是大木板子组合而成的双人床之外，就是一个50厘米宽、80厘米长的没有门的柜子。这算是整间屋子的全部家当。为了美观，我买了一块花布帘子，用一截废旧电线挂起来，以遮挡柜子里面的零碎儿。

柜子的位置很不合理，不在床头而是在床尾，这样晚上我渴了或是想拿点什么东西就必须得起床，虽然不过两米远，还是觉得不方便。于是去逛家具市场，想要买个床头柜。家具市场就在出租房北边大约一公里的地方，市场分为六个大厅，其中包括鲜肉厅、家电厅、花鸟鱼虫厅、百货厅以及两个家具厅。

家具厅里的家具按照各自的摊位有一个明显的区分，但在各自的区域里摆放随意，毫无美感可言，唯一的规律是同一类别的东西都堆放在一起，比如桌子和桌子在一起，凳子和凳子在一起，挂衣架和挂衣架在一起等。各家的老板们也不似大的家具卖场里的服务员那样热情，他们大多数都是三五成群地聚集在某一家侃大山。当然，他们会不时地朝自己的摊位看一看，一旦有人进去，他们也会迅速跟过来介绍一下自己家的产品。

我想要的床头柜几乎每家都有，但不知道怎么的就看中了一个红褐色的小柜子，上面是抽屉，下面是一个方方正正的小柜门。除了抽屉的拉手和柜门的把手上各自有一颗硕大的"玻璃钻石"外，与其他床头柜比起来并没有什么特别的地方。我敢保证我当时不是为了大钻石才相中了它，但又实在找不到其他的原因。我在它面前停留了十几秒钟，老板不知道从哪里就冒了出来："要床头柜啊？"我点点头。

老板继续热情地说："这个柜子很好，放在屋里既不占地方又能放不少东西。还有你看这颜色，多古典啊！"

我蹲下来仔细观察柜子，里里外外哪哪都看着顺眼，只是在柜门的右下角有一处掉了漆皮，露出星星点点的白来。我指给老板看，老板仍旧笑笑的模样，说："你别看这有一点漆皮掉了，这里面可有故事呢。"

"故事？"我有些好奇。

"是啊，我去收她家的旧家具的时候女主人讲给我听的。"然后老板将他听来的故事娓娓道给我听。

掏心窝子说，在那之前我从来没有买过家具，并不知道旧家具还可以有那么大的专门的市场，直到此时我才知道这是一件被人用过的旧的家具，心里便有了一种不太好的感觉。但最终还是被这个小柜子的故事所吸引了——

女主人喜欢喝红酒,有一次不小心跌破了酒杯,破碎的酒杯刮破了女主人的脚。男主人听见声音急忙从厨房跑过来,看着女主人流血的脚趾,怒从中来。抓起破碎的酒杯狠狠朝地上摔去。他简直不能容忍妻子受一点伤害,他恨极了那酒杯,那一只划破了他心爱女人脚趾的酒杯。破碎的酒杯径直砸在了这个小柜子的右下角,并刮掉了漆皮,露出星星点点的白来。等他慌乱地找来纱布、碘酒,用心擦掉女人脚上的鲜红时才发现,那不过是洒下来的红酒——女人的脚安然无恙;他长舒了一口气,她幸福得笑成了酒一样的嫣红。

我心动容,一个男人要多爱一个女人,才会如此迁怒于一个已然摔破了的酒杯呢?一个女人得有多么感念男人这愤怒的一摔,才会在卖掉一屋子旧家具的时候还记得这样一个故事?

虽然这是一件旧的家具,虽然我没想过要用一件别人用过的东西,虽然老板并不肯因此而优惠——但我,还是决定让它跟我回家,带着它的美丽的爱情故事。

从那之后,我便常常去逛旧家具市场,企图碰见几桩斑驳的记忆,不管是美好,还是苍凉,于那一件旧家具来说其实都是宝贵的,就如同每个人的记忆里都装了很多古老的故事一般。

那是我唯一听到的一个关于旧家具的故事,之后消磨在旧家具市场里的时光并没有再收获什么故事。但我每看见一件家具,总会忍不住从心里猜想它曾在怎样的家庭经历过或是见证过什么样的事情,是一个孩童的骤然长大？是一对情侣的分分合合？是人到中年的困惑或是淡然？还是一位老人在暮年时的哀伤？

  这些旧家具倒如同一位睿智而缄默的老者，看尽世间的种种，不哭也不笑，静待时光在它的眼前展现另一番天地和故事。我这样想着的时候，就觉得旧家具虽然破旧，但却真是多了一些韵味。一道划痕也许并不能代表粗心和大意，可能是某一刻的愤怒，更可能是某一种纪念；一把被修理过的椅子，可能不只是年代久远，还可能承载着一个顽皮的孩童在上面无忧无虑蹦蹦跳跳的欢笑……

  其实，我们所有的人何尝不是一件用旧了的家具呢？斑驳粗糙也好，光鲜亮丽也罢，都有属于我们自己的故事和经历，那些划痕和污渍也许并不招我们的喜爱，但却是我们独一无二的感受。

  有什么不好呢？

第七章
我们终要努力长大

伤痛、泪水、欢笑、苦涩，爱情、亲情、友情，爱与被爱，分分合合……

虽然不愿意，但，我们终将笨拙地长大。试着接受这一切的一切……

素年锦时

因为假期很少在五月,虽然有"五一",但也只有三天。所以也很少有机会在和暖的五月份回家。要说回家,其实并不拘泥于在哪个月份,无论什么时候只要能回家都是好时节。只不过,如果是在五月,就能够再次回味小时候的美好。

小时候最盼着农历逢五、十的日子,比如初五、初十、十五、二十等,这个时候是村里的集市,集市就在村西口。各路商贩都很勤劳,凌晨的时候就已经布置妥当,但那时大人们一般还在地里锄草,一来图个凉快,二来草拔出来扔在田间地头,太阳一出来就能把草晒死。否则,草便不能一下死掉,经过一晚上的休整,接着地气的草常常还能活过来。所以,这个时候集市的人并不多,只有小孩在门前唱着歌,远远地望着集市上的色彩以及轻轻飘过来的香气。

村西集市的再西边有一条小河,人们叫它西河沟,我常因为它没有一个响亮得如同莱茵河、多瑙河的名字而懊恼。然而,在五月温暖的天气里,阳光暖暖地照着小河,杨絮乘着大风吹过草丛和庄稼,迷了孩子们的眼睛。树下打盹的猫、河里沉没的水草都从此刻开始快乐起来。

脱掉冬天厚重的棉衣，穿上沾满了忧郁的白衬衫，站在村口的河边看水面上的小虫跳来跳去。那时我已经十二岁，青春的口袋里多了羞怯、多了懵懂的想念。情窦初开的年纪，很多话不敢说，哪怕连眼神都不敢碰触。只有在五月的黄昏，折一只小船，放在水里，看它飘飘荡荡远去，希望能流过你的村口。

没有咖啡馆，也没有礼物，晴朗的天空下，一低头的微笑，一转身的泪水——爱恨原来可以如此简单。

寄宿的学校每个月可以回家一次，是在周六结束了上午的学习之后。放学铃声清脆悦耳，敲响了每一颗等待回家的心。我们从来不舍得花费时间在学校吃午饭，总是将要带回家的东西收拾妥当，放在床铺上，等到放学，拿了东西就走，一刻也不耽搁。那时我读高中，身形尚且瘦弱，骑着大大的二八自行车，带着一个月里的喜怒哀乐一路向西摇摇晃晃地狂奔。柏油路要跃过几个大大的缓坡，一直向西，经过一个多小时的跋涉才能回到温馨的家。路上的缓坡大约都有好几里路，一面欣喜地想象着爸妈早已准备好的饭菜，一面无奈地埋怨这路的艰辛：这路修得平一些多好，每次回家都要把吃奶的劲儿使出来。有时候，也会想，如果一路向西不停下来，会到哪里呢？

会到哪里呢？那终究是我的想象，长大后也没有真的一路向西寻找。朋友笑我说：一路向西你就成佛了！

读大二的那年五一劳动节放假，那时已是七天，我回家看到爬满青藤的厢房，瓜秧绿油油的大叶子在初夏的微风里轻轻摆动，仿佛在跟我说：我要结瓜了，你能赶回来吃吗？

邻居家的刚满三岁的小孩跑来玩耍，在黄昏的屋檐下飞驰，一不小心碰掉了瓜秧上的大黄花，立刻被奶奶训斥了一顿："这找打的孩子，这一大朵花就是一个瓜，够吃好几顿了……"孩子并不理睬，自顾自地跑去，只剩下奶奶不停地可惜和母亲笑着说"不妨事"。

前几年栽下的柿子树已经有模有样，去年的秋天树上稀稀拉拉有十来个红红的大柿子，很甜。爸说："今年的柿子树果子一定比去年多，等柿子一熟，一部分晒了，一部分留着，可以让我们吃很久。"傍晚，家里的烟囱炊烟袅袅，那是妈妈在烙葱花饼，香气扑鼻，我把收音机靠在矮板凳旁边，看着满院子的清脆和天边的微红，有种说不出的舒畅。

要毕业的那个五月，有些人已经有了属于自己的将来可以大展拳脚的工作单位，有些人还在为着寻找属于自己的将来可以大展拳脚的地方而四处奔波。我也是五月份的时候在一次招聘会上与那家工厂两情相悦地签了协议，然后我便开始了无尽的冥想：我想象着自己进了工厂要如何地发奋图强，要如何地技惊四座，要如何快速地闯出自己的一片天地。我记得很清楚，在签完协议的那个晚上，我睡在宿舍里，想象着我即将踏入的那一栋楼宇，想象着身着白衬衫的我在明亮的办公楼里用高跟鞋踏出清脆的"咔嗒咔嗒"的声音……陪我入睡的，还有窗外似笑非笑的月亮和装满幻梦的枕头。也许月亮是个幻想，但枕头绝对是忠诚的，因为一早醒来，我看到它的身上沾满了我满是志向的口水。

现在，又到了五月，花红柳绿，暖风荡漾，我坐在电脑旁，听着小孩熟睡的小小鼾声，看着他的口水清澈地淌下，不禁回忆起自己的素年和锦时。

纵使青春如流水

2014年7月,大学毕业13年的我第一次回到了天津市红桥区的河北工业大学,用以怀念我在那里度过的青葱岁月,并且带我妈去看看她含辛茹苦把我送进的大学校门。

学校的大门依旧是枣红色,我所住过的女生宿舍楼的外墙也还是我第一眼见到的红砖墙,研究生楼是灰白色的现代建筑,与我们这所百年老校的建筑风格有些格格不入,但却是与时俱进的证据——这也是非常必要的。

我妈有些感慨,说:"真快啊,你都毕业十多年了,我还记得咱们一家人在报纸上看到你被录取的名单时高兴的样子呢。"

"是啊,真是快,也不知道这些同学们都怎么样了?我们毕业时还说过十年的时候要回到学校聚会的话呢。"

十年聚会的事,是最后要离校的倒数第三天,我们在学校门口南边那家小饭馆吃散伙饭时大家说的酒话。我们学校是工科院校,男生多女生少,我们班33人,只有9名女生。最后那晚的聚餐,大家举杯呼喊着豪言壮语:"十年后,一定要来,无论什么情况……"

我也跟着喊了,但我心里有些打鼓:十年啊,大家都不定变成什么样子了，要是那时候领导不给我假期？要是那时候孩子需要照顾？要是手里正有一笔大单子？……还来不及担心，我的思绪就被酒气熏天的承诺和温暖湿润的嘱托打断。我和亚军接过不知道哪位男生递过来的香烟，用装作风尘的迷离的眼神一路烟雾缭绕地跟随大部队来到操场，慷慨激昂又悲痛万分地唱起"长亭外，古道边，芳草碧连天……"有那么几个瞬间，我的眼泪都扑簌簌地飞了下来，没人给我擦，我自己也没擦，反正天黑得谁也看不清谁得脸，流与不流，擦与不擦都是自己的事儿。

我喝得有些晕，傻不愣登地听着大家叽叽歪歪、哼哼唧唧地说着以前的美好和以后想要的美好，想象着我们的一屋子人十年后会变成什么样子，但想来想去仍旧是眼前的样子，头更晕了。然后，跟着大家一起勾肩搭背地往回走，到食堂南边的小花池旁，男生向东，女生向西，各回各的宿舍，迷迷瞪瞪地睡了。

毕业后的头三年，我进了一家国企。那三年多数时间跟随前辈们厮混，在技术上毫无所长，但由于刚刚进厂时在厂报上发表了一篇赞歌式的文章，成了厂报上颇受欢迎的撰稿人。还因此得了一些稿费，钱自然是不多，象征性的，但我的文章被发表的次数多，后来竟然被聘请为"特约通讯员"，说是可以采访各车间领导，荣耀无限。唯一可惜的是，直到我离开也没有采访过任何一位领导，没能为他们歌功颂德，遗憾之至。

我之所以决定扔掉那里难得的铁饭碗，是因为我从开始就看到了最后，也就是说若干年后，我除了变得更老一些外，并不会有其他方面的突破。于是，第四年，我毅然决然地做起了北漂，北京的繁华让我眼花缭乱，我从一个卖空调系统里的加湿器的小业务员做起，每天盯着远处的天空看哪里有大塔吊，因为有大塔吊就说明那里有工地在建，有工地就意味着他们可能会用到加湿器。我们通常不用接触到真正的谈判那一步，只需要找对管事的人，弄来这个人的联系方式，稍微跟这个人打个照面，以后的事就交给我们上一级的领导直接进行沟通。所以，在实习的三个月内，我的工作大部分都是在各个工地的门口和保安哥哥聊天，并从他们的口中获悉哪间屋子里有我想要找的人，然后想方设法让保安哥哥放我进入工地内部。

我感觉我干得不错，因为在第二个月的时候就找到了某个工地主管加湿器的负责人，受到了我的领导的垂爱，带我接见了几次重要客人。但是第三个月的时候我就被另一名领导莫名其妙地开除了，理由是三个月我都没能够谈成任何一笔哪怕是五毛钱的单子。

然后我在一家很知名的英语机构学习了一年的英语，期望能够在下次找工作的时候多些机会，并提升工作能力。参加招聘会的时候我看到了"英语编辑"一职，虽然不知道要做些什么，但和英语有关，说不定我能上。于是，投了简历。三天后，收到通知去面试，面试的时候让我翻译了一段文章，我自我感觉良好。面试官微笑着说：

"好，你先回去，我们再通知。"又两天后，果然通知，说："非常抱歉，现在英语编辑一职已经满了，你有没有兴趣做中文编辑？"

"好吧，我愿意试试。"我说。我早就在家待够了，不管什么工作我都要去试试了。人就是这么奴隶，有工作的时候嫌弃工作又苦又累又没钱又不招人待见，在家闲置一段时间后又开始饥不择食地什么都不挑剔了，只要有人愿意让自己干活就成了大赢家。

周一上班时发现，把我录取来的是一家规模还不算小的图书公司，我负责将很多小故事按照某一个主题进行分类，然后在故事的后面写上哲理。一个月下来，领导还算满意，我偶然问起我怎么就进了他的这间办公室，领导诧异，说："不是总公司都对你进行面试了吗？"我说："我面试的是英文编辑。"他也笑："那你算是误打误撞进来的，还打算接着干吗？""当然，我挺喜欢的。"我说。

就这样，我开始和文字算是打上了交道，从那家图书公司走后又去过工作室，后来由于有了喜脉便开始在家工作。稿子也从最初的编辑慢慢进步为半原创再到原创，并一直延续至今，成了很多人眼中颇受羡慕的既可以顾家又不至没有了自己事业的家庭主妇与新时代女性的完美结合。

时光走到这儿的时候，我已经进入了三十几岁的年龄，古人说此时就得"而立"了。不过，我觉得那是以前。那时候，人们寿命短，能活个六十岁算是高寿，四十岁当爹就得算是老来得子，因此三十岁的时候如果再不能"而立"不如直接挂了算了。但现在不一样了，人们动不动就能活个百八十岁，三十岁不能"立"就四十岁再"立"，再不济还有五十、六十，都不算晚。

不过，而立不而立，似乎更多的是针对男人，至于女人，如果你嫁得好，衣食无忧，那么不论多大都可以再折腾折腾。只是有些可惜，当一个人在自己的生活里待得太久，就越是害怕一群人在一起时的热闹。不仅如此，探险对于此时的我来说早已不再有太多的冲动，回首往事反倒让人觉得温暖。

"咱们班赶紧聚会吧，别等明年15年了，今年14年先聚一次嘛。"

此话一出，微信群里就顿时炸开了锅，开始冒泡的人一个个增加，早年在学校里的故事也一点一点地厚重起来。有人将上学时候的照片传了上去，有人一眼就被认出，有人连自己也没有找到。有人将过去男生、女生之间的暧昧故事端出来消遣，但绝大多数人却猜不出男女主角是谁。

距离大家所说的要重聚的日子越来越近，我的心却越发忐忑起来。我害怕我会忘记他们，害怕自己叫不出他们的名字，害怕自己忍不住流眼泪，也怕他们说："哎，你可比以前胖了。"

人们说的没错，老同学就像彼此的照妖镜，不管你现在多么光鲜，他们总能在第一时间爆料出你当年因为不爱洗脚把一宿舍的人都惹恼的糗事。你喜欢也好，讨厌也好，大学同学就是那么毫无遮拦地见证了你最青涩最懵懂的那一段青春，有些年轻时做过的傻事，追求爱情时说过的鬼话，也许连你自己都忘记了，他们却记得一清二楚。

所以，尽管心里有些惶恐，但还是万分期待。不管怎样，我们总归要长大。在人生缓慢又迅驰的前行中，回首凝望有时更需要勇气，紧张而兴奋，像要参加某种神圣的仪式一般。

梧桐叶未落

我总是记得母亲在我这里住时，每次我出门，她都会倚在窗口，望着我的背影走远。我起初并不知道她会看着我，我只顾自己"哒哒哒哒"地急匆匆地赶路，却从未想过，在我的身后，还有母亲的一抹目光看着自己的孩子慢慢走远。我不能理解，当母亲倚在窗前看着我一寸一寸离开她的视线，究竟是怎样一种心情？是不舍？是担忧？是等待？也或者是其他我说不出来，甚至想不出来的情愫？

也许，当母亲看着我远去的背影时，什么都没有想，只是一种习惯而已。这是在后来，我也做了母亲，也开始日复一日看着我的孩子每天早晨奔向学校的小小身影时才有所觉悟的。

儿子上幼儿园的时候一直是我自己接送，送他到幼儿园门口，他们并不马上进教室，而是在幼儿园的院里站队做早操。所以，我一直都没有真切、用心地看过他的背影。早操常常持续二十分钟，我多数时候不能等到早操结束便回家了。即便偶尔留下来看他们把早操做完，等他们回教室时也是一群孩子乱乱哄哄，你推我搡地挤作一团。身边又常有其他的家长一起谈论各种与孩子有关的园里的事情，或者与孩子无关的家长里短，我总是不能安安静静地感受。

从去年开始，儿子上了小学，每天早晨送他上学的任务交由先生来做。上学的路并不远，他们从不开车，先生觉得那一双小手紧紧搂住他的腰的感觉喜不自禁。所以，他们一直骑行，风雨无阻，至今一年有余。我的任务便是送他们走后收拾一桌子的碗筷，洗洗涮涮，然后坐下来码几个字。

但除此，我也如同母亲一样有了一个习惯——每天务必趴在窗户上看着他们爷儿俩消失在视线里才能回过身来做事情，否则心里便不踏实。而我与母亲比又多了一扇窗户去看，这是因为先生和儿子在去上学的时候出了单元门时我可以在小卧室的窗口看见他们。接着，他们转一个弯，又从小区的大门出去，而我的大卧室的窗户是可以看到他们出小区大门然后再往西去的身影的。所以，从小卧室看不到他们的单车后，我就会迅速到大卧室的窗口等待。这个过程不需要着急，因为他们需要大约两三分钟的时间，而我从一个卧室到另一个卧室，半分钟就足够了。可是，我不能在这个空当去做其他的事情，以免一不留神他们就迅速从大卧室的窗户下骑了过去。

每天早晨我所能见到他们背影的两次时间加在一起也不过十秒钟，当然这的确让我有些遗憾。因为我原本可以目送他们更远一些，只是每到夏季，梧桐茂盛，大大的梧桐叶虽然遮挡了夏日的酷热，却也遮挡了我想要多看一会儿儿子的殷切的视线。

儿子入学时是九月份，梧桐叶仍旧绿油油地茂盛着，全然不顾我看或不看这一幅温馨的画面。后来下了几场秋雨，梧桐叶开始变黄并稀稀拉拉地落，开始是几片几片地在地上见到，后来叶子不仅变黄还开始干枯，就成堆成堆地落，地上落得厚实的地方，踩上去"咯吱"作响。我以前爱秋天，虽然近些年早已不似少年时常常故意让心变得如秋雨一般湿漉漉的，但看到落叶总不免心生一丝凉意。可是，我却在某一个早晨突然发现，我可以看着他们父子两人的单车从单元门口一直到向北转弯，我跑到大卧室时又惊奇地发现，从原本并不能见到他们的地方早早就能看到他们，并且我可以目送他们更远的距离。全都是因为梧桐的叶子已经几乎落尽了，只剩了青灰色的树干和光秃秃的枝丫在晚秋的清晨瑟瑟地摇晃着。

我很是记得那一个早晨的心情，哪里还有什么悲秋的情绪？欣喜都来不及，因为我可以多看儿子十几秒钟，我可以看到先生过马路时谨慎地查看车辆，可以看到儿子用小手拽着爸爸的衣服，可以看他的两只小脚丫悠闲又不张扬地随着车子悠荡，可以看到他把沉沉的大书包使劲往小肩膀上垫一垫。有一次，我还看到他调皮地挠了先生的胳肢窝，先生忍不住痒又担心发生事故，赶紧停下车子的情景。

真是有意思极了。

不过，梧桐就像时光，叶子落一次，儿子就长大一岁。现在是北京的十月份，梧桐的叶子已经开始发黄，有些病残的叶子已经耐不住秋凉，开始落了。而我的宝贝也已经成为二年级的小学生有两个月了,红领巾每天都佩戴整齐,出门时还偶尔调皮又庄重地向我敬个队礼。我们互道"再见",然后我继续与去年今日一样的动作,把脸贴在玻璃窗上,忘了秋日的凉,努力看着他们骑上车,慢慢消失在梧桐树叶的缝隙里;然后,走到大卧室,从梧桐树叶的缝隙里再次找到父子俩的身影,看着他们往远处走去。

差不多,每天的清晨我都还是像去年一样对梧桐树叶有一些小小的怨气,希望它能早一日落尽,哪怕剩了光秃秃的树干和树枝,我还是会觉得当他们的身影映现其中时,比那绿油油的叶子还要美。

昨天夜里又下了一场雨,我隔着玻璃窗看外面的梧桐树叶似乎也更黄了一些,只是地上的叶子并不多,我依然无法目送他们很远。我总忍不住在心里安慰自己:别着急,再过几天,叶子就落尽了,就能够好好用目光远送父子俩了。

可是,这时光呢?就在我日复一日的期盼中悄然而逝,就在那梧桐树叶绿了又黄、生了又落的过程中走了又走,而我的孩子就在这期间慢慢长大,不知不觉。今天早晨,他出门时我又再三叮咛:"上课要认真听讲,在学校里注意安全,放学记得把小提琴带回来……"他突然止住脚步,亲了我一下说:"妈妈,我都知道了,你每天都说,我已经会背了,别再犯唠叨病了,赶快打开电视机,你喜欢看的电视剧该开始了……"

我有些诧异,他已经长大了吗?明明昨天晚上还硬赖在我的屋子不走，软磨硬泡地非要和我们睡一晚，一夜之间尚枕着我的胳膊要听摇篮曲的孩子就不再是昨天那个孩子了吗？

梧桐的叶子还没有落尽，我还没能清晰地看清他的小小背影，他却已然了解了我的生活和喜好。他有了他的思想，不再全然按照我的安排做事，并开始安排我的生活。就像那梧桐的叶子，不会因为我的喜恶决定自己落还是不落，它有它的时节，与我无关。

也许这就是成长，在某一天的某一个时刻，一个孩子就突然成了一个大人，如同在某一个清晨，推开窗一下子看到昨天还顶着相当数量叶子的梧桐竟然干干净净地出现在眼前。虽是惊诧，却也欣喜。

热爱骑行的兄弟们

我必须得承认,对于骑行这个爱好或者说运动,我举双手赞成。周末的清闲时光,约上几个骑友,一同沿着平展的公路,一路奔向郊区的清净世界。将都市里的尘霾和压抑都甩在脑后,再怎么拼命流汗,再怎么大口喘气,都不必担心汗臭和口气。而且,就目前来看,这也是为数不多的既能作为爱好,又能锻炼身体,还节能环保的项目。所以,有时候,总恨自己不能再年轻二十岁,哪怕十岁也好,说不定就可以加入他们的队伍,成为他们中的一员。

可有时候,亲爱的兄弟们,你们这一群在北清路上自由穿梭的精灵,也会把我吓着。

上个月我独自驾车沿京藏高速辅路,再左转至北清路,一路经过三个红绿灯开往我已经经营了四年的小菜园,去看望已经有巴掌大小的白菜和萝卜。因为时光是早晨的七八点钟,太阳刚刚展露它的笑脸,路边的树木也尚未落叶,我周身都洋溢着一股子美好的感觉。尤其是当我看见你们这一队骑行的人马,大约有十几个人,其中竟然还有两位女子夹杂在队伍之中,让我又不禁地暗自赞叹和羡慕起来。

相对于京藏高速的辅路来说,我更钟情于北清路,为着它两旁的景色,为着抬眼就能看到的西山,为着它带有一个"清"字的名字。当然,最主要的还是为着它拥有好几条宽阔的车道,少有红绿灯,且没有转弯,每次走在这条路上,就觉得生命在这里便可以痛痛快快地飞扬,即便不能如此,无论如何也总不至于将车堵在路上不能自拔。尤其秋冬时节,经过精心布置的树木会呈现不同的颜色出来,有黄栌,还有银杏,若是再冷些,银杏树的叶子落得满地都是,而枝丫上也还簇簇地存在着,就仿佛自己走在了金色的走廊里一般。那时,银杏林里总少不了老老少少的人们摆着各种自己喜欢的姿势来这里拍照,就算我很少停下车来,只是匆匆的一瞥,也已经给我枯燥的神经增添了不知道多少美的气息。

可是,当我正为着这样的美景沉醉时,你们当中的一位竟然猛地出现在我的车前不足十米的距离。你们可能觉得十米不算近,可是我是一个拿了六年驾照仍然没有上过高速路的长年需要在车后贴"实习"标志的人。尤其在北清路这样拥有美景的路上,我的心也卸掉这座大城市压在我背上的种种不堪啊!——我会分神的。

相信这种对于一条路的痴醉,我的兄弟们,你们也和我是一样的吧。要不然,怎么常常见到骑行的人马一队接一队地出现在我的眼里,最终也成了我眼里的一道风景呢?

但是,你这样突然一下跑到我的眼前,我着实吓着了,幸运的是我踩准了刹车，车子乖乖地停在了距离你一米的地方。你朝我看了看，表情平淡，没有责怪我的意思，也没有感谢我的想法，我茫然地等着你来处置我们接下来的路要何时才能继续向前。大约十来秒钟，你和随后两三秒钟逐渐汇聚过来的伙伴们横穿过车流到了路的另一侧，我继续我的前行。

在我到达菜园子之前，又经历了两三队你们的同伙。因为道路右侧的人行辅道被一些不知道载了什么货物的大车霸占得有些气人，于是你们便选择了到机动车道的右侧边来骑行。可是你们实在太灵活了，辗转腾挪，一会儿挨着马路牙子，一会儿又要超过你们自己的队友，两辆自行车并行时就理所应当地冲进四轮车队里，不得不让最右侧车道的汽车频频变道给你们腾地方。我也有心换到另一条车道，只是技术和胆量都有限，看着左边后视镜里不断从后方冲上来的大大小小的汽车，我到底还是被夹在了它们和你们之间。

——我无处可逃。

当我终于战战兢兢地开到最后一个路口终于可以向右转弯进入我的菜地时，我仿佛经历了一场生死劫难后重获新生一般地闭了眼睛长长地出了一口气，连发动机都没来得及熄火。我坐在车上想着你们天不怕地不怕的身影，真想喊你们停下来，听我说一句话——年轻是好的，可你们要学会长大！就这样不管不顾地骑下去，有没有想过，当你每次把自行车推出家门时，父亲和母亲就会把心提到了嗓子眼儿呢？他们也一定唠叨了你无数遍吧。可是，你们就因为太年轻，总是把这些唠叨话当作耳旁风，仿佛你们个个都是钢筋铁骨，什么也不能奈何你们一般。

的确，你们也不是存心要扰乱交通秩序，也不会存心要跟我一样胆小的驾车族过不去。你们只是没有想太多，在你们风驰电掣的时候，只是觉得在这个拥挤的都市里空间有些不够用而已，你们选择北清路，也是想看看它的美，所以没有错。所以，我能说些什么呢？

我是不敢以我的略显老态的年纪来跟你们讲"自由诚可贵，生命价更高"的冬烘的言语的。万一你们对我轻蔑地一笑说"不自由，毋宁死"，我该如何作答呢？更何况，有时候我也很想要加入你们，也很想跟你们一起无拘无束、毫无顾忌地奔向某一处自己向往的地方呢。

可是，我亲爱的热爱骑行的疯狂的兄弟们，我想我们还是可以找到更合适的方法来实现你们的愿望，那就是将这一项绿色环保的运动彻底绿色到底，包括我们的心灵。请你们以最优美的姿态奔跑在道路右侧的辅路上，如果辅路行人颇多妨碍了你们的激情与速度，请以一颗博大的心来接纳他们，然后轻轻绕过再前行；假若实在无法通行，像这次的大货车拦路，那么请你们一定靠在最右边，不要跟像我这样的四轮车抢路，就算是你们可怜像我这样开车时胆战心惊的胆小鬼。

我想，这又可以算是你们的思想和境界拉了一次风。

这样做，应该也很好吧，我亲爱的热爱骑行的兄弟们，你们说呢？

只因太年轻

几天前，翻看少时的日记，一本是粉红色，一本是月牙白。粉红色塑料封皮的日记本大约是64开，左下角是一束含苞待放的郁金香，右上方写了"日记"两个字；月牙白的那本只有一个高耸的建筑，并写了"上海"，但因为背景是干净的月牙白，所以显得更加简洁。其余再没有别的修饰，即便是这样简陋的装饰，在那时已是不可多得的"高大上"了。

我随手翻开日记本，看着看着就笑了起来。因为现在都还没有搞懂什么是我的人生，在十六七岁的时候，竟然已经早早地给人生这个原本含混的字眼下了定义。我写道：

人生就是一条路，路上有坎坷也有风景。但风景是短暂的，而坎坷却是常有的。

我还写过一首"诗"：

我看不到你的眼睛

因为你戴了一副眼镜

真想摘掉你的眼镜

可是那样

你就看不到我的眼睛

这浅显的定义与绕嘴的小诗也许已经够有趣了，然而更有趣的是，我早已记不起来是怎样的场景和哪一个人曾启发我郑重其事地写下它们。可是，在那样一个年纪，那样一个时刻，我也是满心满怀地感慨来着吧。

胡适先生当年曾经责备少年人常常"无病呻吟"，其实少年在呻吟时未必无病，只是那时人生的资历尚浅，还没有学会把文字削减到只剩下"深刻"，更没有学会把自己的感想埋葬成沉默，如此而已。就好比一个小婴儿，当他感到哪怕一丁点的饥饿，或是他的小屁屁下有哪怕一丁点的潮湿，都可引来他一场号啕大哭。也许饥饿和潮湿，在一个成年人看来，并没有那么的不能忍受，可在一个婴儿的身体里，却发出了极为不适的信号，这饥饿与潮湿于这个襁褓里的孩子已然是受了天大的委屈。

我们通常不会去责怪一个婴儿的啼哭，自然也应该理解一个少年的呻吟。

记得多年前的一个同窗，有一段时间，她总是喜欢在下雨的时候看着窗外,有时也会走进雨里,不带伞,任由雨水淋湿她的全身。然后,她又会在一张白纸上写下一两句话,大意是,这无情的雨水,冰冷又刺骨,为何带不走我的忧伤之类的言语。她总是故意把写完的那张很惹人眼的16开白纸假装不经意地扔在桌子上或是她的凳子下。

若是现在我看了她的举动,也许会微微一笑,对她说:"别感冒了。"但在那时,我亦是少年之时却觉得她有了天大的委屈。于是,我追问她伤自何来。她说,放暑假的时候她给同桌的男生或许书包里悄悄放了一张贺卡,上面的图案是"蝶恋花",可是一直到开学那个男生都当作什么也没发生。她不敢提起,却心有不甘,日思夜想,就成了忧伤。

不过是青春期那一点点对异性的好感,却把她的每个细胞都刻画成了烦恼,以至于她会不顾九月份的微凉而走进雨里,会写下忧伤的文字,会把那纸摆在容易被人看到地方。十五六岁的小姑娘,她的心还那样的稚嫩,哪里尝得了这冷落的滋味?那么委屈,怎么能不宣泄呢?

我也有过啊,尽管那时已经二十出头,可还是喜欢在秋天的落叶里感伤,喜欢一个人坐在学校旁边公园的小木桥上,记录自己湿漉漉的心情。有一次,考试失利,我写了一篇名为"爬山虎的悲哀"的小文,来描述我的心情:

春去秋来，你又一次枯萎下去，你的叶子由绿而红，红透之时，便是你谢落之日。

年复一年，你攀着瓦楞墙角，向上爬着，爬着，你扭动着你的细弱的身体，在风中，在雨中，在世界的污垢中，向上爬着。你是为了站得更高一点，更高一点。

为了那个生命的至高点，你拼命地攀，拼命地爬，从自然赋予你生命的那一个春天，你爬过辉煌的夏，又爬到谢落的秋。于是，你又凋了，又谢了，只是你还没有死，你是想熬过寒冷的冬。是的，冬天就要过去了。可是，你等了一年，等了一年啊！

就这样，朝朝暮暮地过去了；

就这样，岁岁年年地过去了。

不过是一次摸底考试没有考好而已，竟然可以引发我一箩筐的感慨。这不是年轻是什么？对于如今的我来讲，不要说分数的高低，就是职称考试没有过又能怎样？可是，在那样的年月里，对于那样的小人儿，已是不好承受的了。

因为年轻，每一个问题的答案即便是经过了深思熟虑，说出来还是会过于简单，比如你问一个二十岁的孩子爱的另一面是什么，他会毫不犹豫地告诉你是——恨。可是，如果你已经不爱一个人了，哪里还有闲情逸致去恨他呢？你会在某个不经意的时刻忘了这个人的面孔……

因为年轻，每一道伤口，都显得那样疼痛，痛到似是要把人生看透，一句话说出来常常动辄以"人生不过是"来开头。有时，又喜欢借物抒怀，仿佛窗前偶尔扑棱棱飞过去的麻雀也满怀心事，又或者看见寒风吹动了干枯的枝丫，也免不掉要悲悯一番，怜那树命运不济，恨那风冷酷无情。

啊！其实，年轻多好！年轻的时候，心里总是有满满的悲喜，有溢出眼角的欢快，有浓到化不开的哀愁。

可是，年轻的岁月啊，就这样朝朝暮暮地过去了。年轻的人儿也会渐渐长大、成熟，不再轻易将心事说与人听，不再急着总结人生的哲理，眼角少了喜悦或悲伤的泪水，身体也冷静地知道冬添衣裳夏扇凉。心里想的不再是春花秋月，而是一粥一菜里维生素有几何？今天的气温要给小孩子穿上毛衣还是加一件外套？上个月定制的家具明天能不能送过来？鞋油要买自然色还是黑色？

唉，到底已不再年轻了。所以，也不再去想年轻人的言论是不是呻吟，是不是浅显了，他们自有他们的感悟。我如何得知呢？

一饮一啄一岁月

每天忙碌完一天的大小事情，终于可以躺在床上的时候，总是爱念叨老一辈常说的一句话——三饱一个倒。一日三餐加上一席美梦，一天就算是过去了。仔细想想，一席美梦虽然占用的时间长，却是在不知不觉中度过的，唯有这一日三餐常常是我们绞尽了脑汁才得来的，一桌之上，含哺之恩，共箸之情，以及年少到年老的回忆，无不在这一饮一啄之间。

白菜

小的时候，我对白菜的印象是很好的。那时候，生活月贫穷，在干枯的冬天，能有白菜炖上一锅豆腐也是不可多得美味了。初中时，又读了鲁迅先生写的《藤野先生》一文，里面说：大概是物以稀为贵罢。

要说到不喜欢吃白菜是高中阶段开始的。学校的食堂许是心疼我们这些莘莘学子的不易，特意将菜品做得单一，以便于我们无须动用脑细胞思考吃什么就能解决吃饭的问题。尤其是早晨，我上高中四年（最后一年是复读）一只都是雷打不动的面条汤，面条汤必定要将面条煮烂到婴儿或耄耋老人都可食用。特别是白菜，那叫一个水准，汤里必定不能出现白菜叶，白菜帮子必定得是一指宽，而且必定保证春夏秋冬从不间断。唯一不能必定的是，有时候白菜帮子被煮得如同面条一样稀烂，有的时候嚼在嘴里就咔嚓作响。在我的嘴里，就是难以下咽的"芋梗汤"。

之后，直到现在我仍旧不吃白菜帮子。但有了小儿之后，我得知白菜的营养极其丰富，又听说"肉生火，鱼生痰，白菜豆腐保平安"，便开始尝试将白菜以各种方式呈现在孩子面前，看他吃得香，我常假公济私地将我碗里的白菜夹到儿子碗里，他高兴地说："谢谢妈妈。"我高兴地说："妈妈最开心的事就是看你大口大口地吃饭。"

鸡排和臭豆腐

炸鸡排的小摊在学校的东边，需要转过两个胡同，小时候时间充裕，所以不觉得路远，一路说笑就到了。老板兼厨师是一位40岁左右的女人，我们叫她阿姨，阿姨从来都是让我们自己来选，然后笑眯眯地看着我们拼命寻找一摞鸡排里最大的几个。每个两块五角钱，寻了美味和实惠的我们迅速掏钱走人，为的是早一刻把裹了很多面粉的油汪汪香喷喷的炸鸡排吃到肚子里。就餐的地多半是操场，几个人掏出一张报纸，围坐在一起大吃大嚼起来，全然顾不得所谓的形象。我们总是不长记性地在吃完鸡排后才发现没有事先将纸巾掏出来，然后各自伸着油汪汪的两只手相互耻笑别人嘴馋,什么也不准备就一猛子扎进鸡排里。

我们同宿的人中也有喜欢吃臭豆腐的,两块钱十五块,远远就能闻到那股独特的臭味,但吃到嘴里却是那么欲罢不能。记得有一次我和丽陶吃了臭豆腐去乘公交车,我们刚刚站好,一位十来岁的小姑娘就用手捂住了鼻子对她妈妈说:"妈妈,jiè sì(这是)嘛味儿,可熏死我了。"我和丽陶相视一笑,赶紧将我们的手捂在了嘴上,并在下一站如同逃难一般跳下车去。

说起来,这些东西已经好多年都不曾吃过了。不吃的原因有时候觉得不干净,有时候也觉得这个年纪的人了,若是在大街上把两只手吃得油渍麻花仿佛有辱斯文,于是虽然时常想念,但总是作罢。

自己的这种想法也被自己否定,也骂自己虚荣,可是,这就是岁月。那些年不想的事儿现在反而想得多了,那时候视若瑰宝的东西现在却觉得一文不值了,有什么办法呢?

香辣虾

每年圣诞节即将到来的时候,楼下的商铺和对面幼儿园的门口就会齐刷刷地摆上了挂满小礼物的圣诞树,闪烁着的彩色的灯带总是让孩子们流连忘返,和蔼可亲身着红袍的圣诞老人也开始在很多人家的玻璃窗上露出笑脸。

而我想起最多的是第一次吃到香辣虾的场景。

那时还是大学学生，刚刚在心里认定了一个可以托付终身的人。那一年的平安夜我们转遍了住所附近大大小小的街道，圣诞的音乐就像骆驼脖子上拴着的铃儿时刻在耳边叮当作响。一家商店派出的圣诞老人选中了我们，将手里拿着的糖果和广告喜滋滋地送给我——那便是我收到的圣诞节礼物了。其实，我多希望身边的那个人把我领进商店为我挑选一件礼物，或者用最俗套的方法突然从身后或是口袋里拿出一份惊喜给我，可是他说："太冷了，别冻感冒了，我们回吧，我下午买了虾，给你做香辣虾吃。"

好吧，我心里有些失望，但还是回了。到家后我坐在椅子上看电视，眼角的余光看见厨房一团火——那是他的拿手技巧——接着就是让人垂涎的香味袅袅而来。他把虾剥好，送到我的嘴边，不知是饿了还是真的好吃，我竟然一口气吃了十来只，他说："看来味道还不错，有点供不应求。"

这些年，他都不曾在平安夜送过我东西，但总少不了用香辣虾庆祝一番。我也力争过礼物，但他的眼光总是与我格格不入，花了钱不说，还不见得遂我的心意。相比之下，还是那香辣虾更实惠，也更符合我的口味。

有时候我也想，等到七老八十，牙床子都被假牙磨平的时候，背个华丽丽的大包包绝对抵不过一只剥了皮的大虾更能让我活得久远。

傻子瓜子

印象中从小就一直喜欢嗑瓜子，因为小时候瓜子是不可多得的美味，通常也只有过年的时候家里才会买上几斤。后来，有那么几年，大约是从我上五六年级的时候开始，家里开起了小卖铺，油盐酱醋、零食糕点、针头线脑以及各类生活用品几乎都有。那时候，我仗着头脑还算聪明，常常在放学后或是寒暑假时一边写作业一边充当临时售货员，以便将姐姐解脱出来帮着家里干些农活。

轮到我当值的时候，其他的吃食并不能引起我过多的注意，最喜欢的就是一种浙江产的瓜子，用很简易的袋子包装好的，与我的手掌差不多大，五角钱一袋，上面印着红色的字——傻子瓜子。（现在市面上早已见不到这种瓜子了。）傻子瓜子是那个时候少有的五香口味，而在农村的集市上能够买到的散装的瓜子大多只有咸味，或是连咸味也没有。所以，我总是情不自禁地一边写作业一边吃起来，也知道这瓜子价格不菲，是需要本钱的，但就是管不住自己，当然我通常不会挑选最好的，我吃的大多是袋子有些破损或是瓜子看起来有些散碎的。这样一来，我就减轻了很多因为吃了瓜子而带来的心理负担。

我吃瓜子有个毛病，就是常常吃着吃着就把手上粘了口水，弄得手指湿答答的，所以还需要预备一张废纸，一边吃一边用来擦手。不仅如此，我吃瓜子必定是要一下子将一袋瓜子吃完，否则就仿佛任务没有完成一般，做什么事也不踏实。一袋瓜子中间，总免不掉要来几个客人买些日用品，他们一走我便立即坐好，眼睛盯着作业本，手却在瓜子袋子里摸来摸去。

这种状况持续了好几年，以至于我现在的两颗大大的门牙中间各有一条沟壑，想来是那时瓜子嗑得太多，"绳锯木断"了。

如今二十几年过去了，我依然喜欢嗑瓜子，而且依旧会把口水粘到手指上，只是不再一次性把一袋嗑完，因为每袋瓜子已经不再是50克，而是换成了大包装，实在是嗑不完了。现在瓜子的口味有很多种，除了五香口味外，还多了许多种，比如绿茶口味、鸡汁口味、焦糖口味等。有时，我会一下买好几种口味来吃，但最喜欢的还是五香口味，嗑瓜子时的感觉也依旧像过去那样的满足，仿佛过年一般。

只是，时隔经年，还经常怀念那时候傻子瓜子的简易包装，以及上面鲜红的大字。

爆米花

爆米花当属童年时最美好的记忆了，那时若能吃上几把爆米花当真是像过年一样的满足。小时候的爆米花与现在的不同，是家里的大人用自家的茶缸子或是饭碗盛了自家地里产的玉米到崩爆米花的师傅跟前，师傅看你拿的米的多少来收取他的手工费以及需要添加的白糖的钱。有些富裕家庭也常常自己带白糖，那么师傅就只收一点手工费。

那崩爆米花的师傅不是每天都去同一个村子，他总是估摸着孩子们馋得直吧唧嘴的时候才去，而且每次都会在我们放学必经的路上，像是有意等候我们一样。有些孩子觉得自己的父母会答应自己崩上一袋子爆米花，于是便飞也似的直奔家里，央求父母带上一两毛钱、拿了玉米给自己崩一袋子爆米花。这时候，父母总是慢慢腾腾地在后面走，一路上遇到左邻右舍打招呼。

有人问："二儿他妈干啥去啊？"

"馋孩子要吃爆米花，你说这一下子玉米碾了玉米渣，够一家子人吃顿粥了，这死孩子就非要吃爆米花，馋死鬼投胎来的……"二儿他妈一边抱怨一边挪到爆米花人群里。

此时那馋死鬼投胎的孩子早已经一溜烟似的飞回到爆米花炉子前，理直气壮地挤开了围着的小伙伴，大声说着："起开，起开，我家崩爆米花。妈，妈，快点……"

围观的人其实绝大多数都是小孩子，因为自己明知道家里不会拿出钱和玉米来让他们奢侈，就只有围在一旁闻着爆米花的香味了。当然，如果你手疾眼快，通常是可以免费品尝到美味的。因为那时的爆米花机是一个椭圆的大铁桶，铁通横着架起来，下面是火，师傅用摇柄顺时针不停摇动，让里面的米和糖均匀受热。铁桶的一头封死，另一头套着布袋子，爆米花崩好的时候，会听见的"砰"的一声巨响，爆米花就一股脑进了袋子里。但爆米花钻进袋子的时候力量太大，时常会崩到外面一些，孩子们便一哄而上，零零散散地捡些来吃。

我向来是腼腆且笨拙的，是没有勇气冲锋陷阵往前冲的，所以总是捡不到外焦里糯浑身裹满香甜的那种，最好的运气是一些因为没太受到热而并没有崩成花的热的玉米粒。当然，它们已经没有了玉米粒的形状，变得圆乎乎的，也甜，只是有些硬，我常泡在嘴里咂巴一阵子甜味然后吐掉，倒也有心满意足的感觉。

再后来，这种机器改进成为可以做大米花，切出来的不再是一粒一粒，而是一长条一长条的中空的爆米花。那时，所有的人家生活都好了许多，母亲也常做一些给我解馋。有几次，母亲心情好，竟然一次就给我做了半袋子，那袋子可不是普通的小布袋，而是用来装化肥的大大的纤维袋子。我有时候想，我从小就胖，莫不是因为吃了粘在爆米花上的化肥的缘故？

现在的大街上也有爆米花卖，是一截一截的，装在食品袋里，三元或是五元一袋，不用焦急地等待，给了钱拎了东西就走。总是感觉少了些兴致。

去年冬天在门口的天桥底下，偶然看到一位老伯坐在一台最古老的爆米花机前，就是小时候用火烧大铁罐子的那种，顿时心生潮热。我停下来，让老伯给我做一份，他说"五元"。我蹲下来等待，看老伯一点一点转动铁罐子，看那火苗轻快地跳来跳去，没有人购买，也没有人围观，我是唯一的顾客和观众。那老伯的手粗糙有力，深深的皱纹里有很深的颜色，和当年崩爆米花的师傅一模一样。而那时，我觉得那师傅是全世界最幸福的人，此时却深感他的生活的不易。

这一次爆米花做好的时候似乎并没有像小时候那样听到惊天动地的爆裂声，有十几颗爆米花崩到了稍远一点的土里。我没有去捡，尽管现在没人跟我争抢，我付了钱，拎着袋子回家，一路上抓了几把吃，味道甜，口感脆，很好吃，只是到底没有吃出来小时候那种期待；又因为没有抢着去捡崩跑的爆米花，也便更少了一些滋味。

可是，有什么办法呢？我到底已经不再是五六岁的小孩子了……

来点"负能量"

首先得说明,这几个小段子并非我的原创,我是在刷朋友圈时偶然所得,觉得很好,于是照搬照抄拿来用一用。若是作者看到了这篇小文,觉得侵了您的权,请您看在我也不过是个小字辈的份儿上,大人大量,哈哈一笑之。我原本考虑自己弄几个段子,可是以我的智商,实在写不出如此精辟的话来,便只能实行"拿来主义"了。

"负能量"一:回首青春,我发现自己失去了很多宝贵的东西。但我并不难过,因为我知道,以后失去的会更多。

看到这句话的时候,我觉得仿佛对每个人都很适用。我首先想到自己尚且青春的那些年——初中时就早恋了,结果成绩不断下滑,从前三甲一直出溜到前十好几甲,以至于连县里最好的高中都没考上,只能复读一年;高中时,不知道究竟是不是因为青春期各种激素分泌紊乱的原因,此时回想起来竟然不太清晰自己当时脑子里想了些什么,总之并没有全力以赴备战高考,也没有轰轰烈烈谈场恋爱,糊里糊涂地过了好几年。

终于上了大学，突然之间又失去了目标，仿佛两只脚走进了大学校园，交了学费，从此人生便圆满了一般，傻不愣登地上课走神、下课闲逛，以至于学习以及在校活动每一样拿得出手。

现在工作了多年，又做了母亲，想来再一次披挂上阵，努力拼命的勇气是早就丧失殆尽了。回首青春，果然发现自己失去了很多宝贵的东西，比如奋斗的机会，表白的机会，孝顺爸、妈的机会，以及连孩子的教育也并不乐观。

可是，事到如今，又能怎么样呢？死守着过去的"失去"总归不是好好活下去的办法，难过也是没有一点用处。人生无常，谁知道以后还会有什么呢？若是现在便停在此时难过起来，以后如何能够更好地面对可能更多的失去呢？

"负能量"二：秋天是收获的季节。别人的收获是成功与快乐，你的收获是认识到并不是每个人都会成功与快乐。

上小学的时候特别流行"勤工俭学"，第一次参加勤工俭学是在四年级时学校组织的"拔青草，晒干草"活动。活动在秋季进行，此时，大部分庄稼已经收割完毕，我们可以尽情地在地里拔草而不会祸害到庄稼。我那时是班长，凡事必要以身作则，比如上课坐得像木板一样直,下课认真观察有谁违反纪律打架斗殴,回答问题时用右手,胳膊肘不能离开桌面,每天按时按质按量完成,从不迟到早退等等。所以,我觉得"勤工俭学"我也必得拔得头筹,否则无颜面对老师对我的信任。

所以,到了庄稼地里,我使出浑身解数,水也不顾得喝上一口,挥舞着小胳膊,一通狂薅,直到老师喊:"好了,把自己的草收起来,称重。"我才停手。我满以为我可以再次成为同学们的表率,没想到的是,除了一个在拔草的过程中打架被老师记作没有分量外,我竟然是全班分量最少的一个——11斤——我永生难忘的数字。其余同学从15斤到三四十斤不等,各得其乐,只有我满脸沮丧。

老师安慰我说:"没事,老师知道你很努力,但并不是所有的努力都一定有很多收获,只要努力了就好,老师不会怪你的。"

我不得不承认,我那在乡村执教的当时还没有走进编制的代课老师是一位哲学家,他的话一直让我觉得特别有道理,一直到现在我还常常用这话安慰自己,也教育我的孩子。

"负能量"三:我的人生一半是倒霉,另一半是处理倒霉的事。

这个说法也许有些绝对,但既然是专门拿来做"负能量"的表率,这样说也许是恰当的。其实,我们的生活(或者为了稳妥起见,可以说我们的某一天）有很多时候就是在这两件事中度过的。

比如，上个星期二，由于倒霉的闹铃没有响导致我晚起了十五分钟，然后倒霉的事情就接二连三、争先恐后地纷至沓来。先是由于过于匆忙地准备早餐，慌乱之中打翻了一瓶黄豆酱，玻璃碴子和黏糊糊的黄豆酱难舍难分地在厨房的地板上徜徉着。我本想送了儿子上学后回来再收拾残局，但不小心踩了一脚，使得黄豆酱的地盘又扩张了好几个脚印的位置。

上学的和上班的终于齐齐出门，我终于可以来处理拌了玻璃碴子的黄豆酱，大约了用了半卷厨房纸巾，装了半袋子的垃圾，总算清理完毕。接着老师来电话，说儿子的小提琴忘带了，我需得在上午第四节课之前送过去。于是，我拎了装满黄豆酱的垃圾和琴出门，垃圾归位，我奔学校。

第四节课之前我带着琴笑意盈盈地出现在教室门口，老师满意，儿子也满意，唯独我交了差之后没有安身之处。因为周二下午教师们要开周会，儿子一点多就放学，我若回家，在家里休息不到一个小时还要回来接孩子，于是我打定主意在学校附近等候。时值冬月，我在学校附近瑟瑟地兜转了好几圈，竟然没有发现大型的超市或者能够容许我进去可以多坐一会儿的快餐店，那个时刻我特别希望眼前呼啦一下出现一家快餐店，尽管平时很少涉足。但学校周围全部都是新建的社区，有的还在施工，人烟稀少，我只能在一家面对施工工人临时搭建的卖盒饭的简易棚里极尽所能地磨蹭了半个多小时吃了一碗牛肉板面，然后趁老板尚未发火之际结账走人。

好不容易熬到一点半钟，期盼着儿子放学，赶紧回家，不料他却因为早晨从书包里找一块别人送他的橡皮，把作业本拿了出来却忘了放回去，被老师留下罚写作业，我只得再度等待三十五分钟。

这一天，我感觉真是应了那句话了，我的一天一半是倒霉，一半用来处理倒霉的事。那么，这一天里，你以为我真的就过得晦暗无比吗？也并非如此。期间，也有许多的有趣，比如——

收拾黄豆酱时，竟然在橱柜的底下找到了丢失已久的心爱小发卡；我去送琴的路上听到有人说可能某某超市又开始打折了；在等待儿子放学的时候，我吃到了久违的板面，虽然房屋简陋，碗筷也不精致，但味道很好，和我第一次吃的板面的味道差不多；我在闲逛的时候还发现距离学校一个路口的地方又建了一所学校，据说是与之配套的中学，看规模还不小。

虽然儿子因为要完成昨天的作业被留下，但我却有了与班主任聊天的机会，得知儿子在这一段时间虽然成绩平平，但性格却比一年级时好了很多，有些同学间的小矛盾已经学会了如何处理，不再像之前那样大发雷霆甚至大打出手……

所以，虽然这一天从倒霉的闹钟开始我一直都在处理它留下来的后遗症，可是处理的过程也终究会有丁丁点点的欣喜。

我想，人的一辈子也许差不多就是这样。

"负能量"四：普通人的一生会经历四个阶段，即心比天高的无知快乐与希望——愧不如人后的奋斗与煎熬——毫无回报的愤懑与失望——坦然的平凡和颓废。你走到哪一步了？

有时候不得不佩服古人的智慧，不知道它们究竟是怎么总结出来"四十不惑"这个真理的。所谓"四十不惑"自然不是说到了四十就是上晓天文下知地理了，而是人活过了四十个年头之后，就把很多事看明白了，知道哪些事该放下了。

我也是奔了这个岁数来的人，虽然还需要再走上一两步，但还是迫不及待且心安理得地走进了"坦然的平凡和颓废"之中。也就是说，我突然发现，我已经到了人生的最后一个阶段。

第一个阶段大约是在十岁之前，那时懵懂，每天只知道和小伙伴们追逐打闹。一天之中最快乐的时光就是下课和放学后丢沙包、藏猫猫，有时我们也玩过家家。玩过家家时我的心比天高就会像冬日房檐上被暖阳晒化了的雪水，毫不隐讳地滴落而下。我总是凭仗着学习成绩突出并担任班长的优势出演一些大人物，比如家长，并学着他们的口气对"孩子们"发号施令，甚至还拿小手指粗的藤条教训过一些"不肖子孙"。当然，这也许算不得心比天高，我那时真正向往的是像皇帝一样的大人物，能够单独享用一个"朕"字，能够坐在最高的位置说"平身"。

除了政治家，我还想过要当一名歌唱演员，一个人占据整个舞台，下面的观众为我欢呼雀跃、神魂颠倒，我还给自己取过一个艺名——欧阳紫竹。这个名字的由来颇为蹊跷，我至今都不知道它是如何闯进我的大脑里的，也许是收音机里偶尔听到的，也许它就是那么鬼使神差地附体到了我的身上。我时常偷拿出家里一个小号的擀面杖，当作麦克风，在没有人的打谷场上自导自演，既充当主持人又充当歌手。贼溜溜地看看四周，若是没有其他人，我就清清嗓子，将30厘米左右的擀面杖杵在嘴边说："下面有请著名歌唱家欧阳紫竹演唱歌曲《幸福在哪里》。"然后，我开始唱，唱完之后也模仿春节晚会里的大腕们给打谷场鞠躬……

后来学了很多历史知识，也听到了很多歌星的演唱，知道自己没有那么容易能够成为他们当中的任何一个人。于是，就进入了人生的第二个阶段。这个阶段历时最长，用了我二十多年的时间。这个阶段之所以长，是因为我没有办法把它作为一个单独的进程，它必须与第三阶段同生共死。它们像一团乱线头子，死死地缠绕在一起，撕扯不开。

此时期的我正在青春的动荡里为赋新词强说愁，友情、爱情、学业、工作，每一项都感觉不尽如人意。各种挫败感纷至沓来，搞得我抑郁成疾，生了不少青春痘。但我深知年轻就是资本，于是每次挫败之后我都会对着过去横刀立马，表示从下一刻起就发奋图强，可结果常常却是"我本将心向明月，奈何明月照沟渠"，我依旧被落魄和失败包围，不得脱身。记得最早参加工作的时候，我也是抱了与企业共存亡的信念去的，日夜辛苦，看图纸、做试验、到车辆里面一窝就是小半天，只为找出究竟线路连接的确切方法……

从十几岁到二十几岁再到三十几岁，常常在失败之后鼓励自己重整旗鼓。但重整旗鼓之后，接踵而来的还是失败。然后再来循环，一次、两次、三次……若干次。慢慢地，就老实了。

人，其实就是这样，经历的不如意的事情多了之后，就慢慢地不再对这个世界怀抱太大的期许。因为没有了期许，也便少了失望。因为没有失望，日子就仿佛逍遥快活起来。因为日子逍遥快活，从此也便甘于颓废和平凡了。

于是，我进入了第四个阶段。这个阶段里我不再总是着眼于自己，更多的精力用给了他人。当你看着一个小小的生命，从一个受精卵逐渐长大成为能够与你顶嘴并让你哑口无言的时候，也会有莫名的满足；当你辛苦两个小时做了一碗水煮鱼，有人话也懒得说只顾大快朵颐的时候，生活同样美好；又或者你走在大街上看见寒风里衣衫紧裹的小摊贩冻红的鼻头时，便发现里属于自己的温暖……

有一段时间，觉得自己大概未老先衰，在还算是年轻人的时候就像个老人一样心心念念"知足"二字。但这种感觉又着实神奇,它拉着我的手不放开,我的手也没有挣脱的意思。

想来,这最后的一个阶段应该是我人生中最长的了,也不知道我究竟是应该庆幸呢,还是庆幸呢,还是庆幸呢?

第八章
时光且长

这个世上,有谁不曾伤过?可你若在伤口里看见戴望舒的雨巷、三毛的撒哈拉、泰戈尔的飞鸟,就算是伤也是美的。时光且长,一切都好……

十指尖如笋

大约有半年多的时间，我一直没有再见到门口卖咸鸭蛋的老妇人。以往她总是出现在黄昏的阳光里，脸朝西坐。夕阳的光辉洒在她的身上，她古铜色的脸就如同镀了一层金，光芒四射，当她面带着慈祥的笑容稳稳地坐着的时候，就如同一尊光芒四射的佛像。她的身下是一个矮小的板凳，由于冬季冷，她还在板凳上松松垮垮地绑了一块淡蓝色的棉布垫子。一个大篮子安静地呆立在她的眼前，里面装满大小各异的蛋。如果你从她身边经过，会发现老妇人每隔一段时间就会喊一句："咸鸭蛋嘞，还有鸡蛋、鹅蛋、双黄蛋……"时间精准，嗓音洪亮，如同一只分秒不差的闹钟，每过一段时间就响铃一次。

我记得我买过一次老妇人的咸鸭蛋，那次在回家的途中就开始为晚饭发愁，听得她的如洪钟一般的"咸鸭蛋"的叫卖声，脑袋里就有了一顿简易的晚餐——粥。

我向她慢慢走去，她看着我笑。她一笑的时候，脸上的皱纹就显得更深一些，也更多一些，但她自己浑然不觉。她为什么要觉呢？在金色夕阳的光辉下，她满是皱纹的笑显得熠熠生辉，那是一种美。

我蹲下来看她篮子里的蛋。篮子不大，蛋也不多，甚至并没有装满一个篮子。她事先用塑料袋装好,每袋十个,不管是鸡蛋、鸭蛋,还是鹅蛋,一路如此,只有双黄蛋因为太过稀少,所以每袋是五个。

"多少钱?"我问。

"十五。"

"一袋还是一斤?"

"一袋。"

"所有的都十五元?那鹅蛋不是最划算?"

"不能那样算,有人喜欢吃鸡蛋,有人喜欢吃鹅蛋,反正都是家里产的,又不用什么成本,卖了就是赚的。"她边说边满足地笑着。

"我可以买半袋吗?怕吃不完。"我说。

"那不行,我没有称,有也不会认,先买的把个大的都挑走了,剩下小的就没人要了。你就拿一袋吧,都是腌好的,轻易也坏不了的。"她说的有道理,我伸手将压在鸭蛋上面的鸡蛋拿走。她突然很惊讶地说:

"哎呀,你这手长得好啊,十指尖如笋,是个有福气的娃!"

我呵呵一笑,没有作答,我见了太多的生意人为了讨好顾客总是能千方百计地找出许多好听的话来说,比如你去买衣裳,她便说这衣服简直是为你定做的,你去买一张煎饼,她也会夸夸你今天背的包很漂亮。所以,得到一两句卖家的赞扬有什么好认真的呢?我从来都这样想。

可是，这一次，这个卖腌蛋的苍老的妇人却不甘心就此罢休，她继续说："看我这手，又短又粗，一看便知是劳碌的人，年轻时家里穷，年老了也没福可享……"

我一边谦称"没有啦""怎么会"一边下意识地看了一眼她的手，正如她所说的，又短又粗，手背上的皱纹如同风干了的橘子，与她篮子里的溜光水滑的蛋完全不在一个层面。

可这又怎么样呢？我们各自的生活都要各自去过的。付了钱，我径自回家。因为有了咸鸭蛋，加上一天的劳累，只觉得清粥小菜的晚餐就是最好的。思想着，清淡的米粥、凉拌小菜、黄白分明的咸鸭蛋，在这个浮躁的尘世里于奔波的人们也是一种享受。我将米放进电饭煲里，加了水，按了"煮粥"键，便不再理会，只让他们自己去翻滚熬煮好了。

我又掏出一个鸭蛋，放在案板上，用刀将蛋一分为二，其中一半很不安分地要从台上掉下去，我慌忙去接，它也终于气定神闲地落在我的手掌心里。皮朝下，蛋朝上，我分明看到白白的鸭蛋白包裹着黄黄的鸭蛋黄，如一轮不小心落入凡间的太阳，可触、可观、可嗅、可食。

又想起那个卖蛋的妇人，想起她的手和她的话。我伸出手来，凭借着记忆将她的手和我的手放在一处，不免有些慌张：我的手何尝不是又短又粗？不过是指尖稍稍细了些、手上的皱纹少了些罢了，若是让我像她一样日夜操劳，泥里水里地劳作，又如何得知不会像她一样生成一双又短又粗褶皱不堪的手？

也许我们只是谋生的手段有些差别，我的似乎清闲些，她的似乎辛苦些，但当我们同时面对那一篮子蛋时，她却一眼就看出了我们生命力有些地方是一样的，尽管她嘴里说了"不同"。我想，我们不过是用了不同的乐器演奏了同一首歌曲——生活，仅此而已。

我们在彼此的手上，看到另一个生活里的自己，给原本平淡的生活多了一抹色彩。那么，她看到我的手时，是不是想起了她生命力最为光华的那一段岁月呢？年轻的她，虽然不识字，却一定是个难得的好女人，她一定是上了厅堂能待客、下了厨房能做饭的精明能干的女子吧？那满院子活蹦乱跳的鸡鸭鹅都是她"咕咕""喷喷"地召唤着、喂养着才一点点长大的吧？当她和她的男人一起看着那些小小生灵扑扇着翅膀低头冲向她天女散花般从手中洒落的米谷时，也是喜笑颜开的吧？当她用她那粗短的手将那些热乎乎的鸡呀、鸭子啊、大鹅的蛋一个个捡到篮子里时，早就忘却了十指尖如笋了吧？

她一定有她满满当当的一生。

我由衷地感谢那个卖蛋的老妇人，我不过用了十五块钱，拿走了她腌的咸鸭蛋，她在黄昏的柔光里又附赠了我她谜一样的一生。在这一生里，都会有些什么呢？日头正中时的汗水？怒火中烧的龃龉？淡然无谓的包容？或者某一时刻突然袭来的疼痛，抑或莫名的快乐？……她没有说，我没有问。

何必多此一举地问或者说呢？就让那些不知名的故事静静地躺在城市的某一个街角，安然地入睡，淡淡地醒来，当我们无意间走过，你可以进入故事里感受沉吟或欣喜，也可以笑一笑安静地走开。

这样，大概也是很好的吧。

你想要的不是青海湖，而是生活

美玲妈是我所认识的妈妈中最"汉子"的一个，记得我们两家一同出去烧烤时，她家里带的帐篷、食物等都是她扛在肩上，而美玲爸就只管拉着女儿的手悠闲地跟在她的身后。这在她家并不奇怪，她早就说过，家里的大小事宜都是她管理的，灯泡坏了、水管漏了、往四楼扛大米之类的事情，一概用不着美玲爸。她还一个人带着美玲自驾去过很多地方，让我这个拿了六年车本尚未走过高速的人极度汗颜。去她家里玩时，发现她的家里整洁得让我不敢落座，每一样东西都规规矩矩地待在它们该待的地方，每一粒灰尘都知趣地不敢在她家的桌椅板凳上停留。更让我们垂涎的是，她还有一份收入不菲的工作，朝九晚五，因为领导对她格外照顾，她还不耽误接孩子。

而回到家的美玲爸，洗洗手就可以吃上他最爱吃的饭菜。为此，我以及另外几个相处不错的孩子妈不止一次暗自感觉对不住自家的先生，也暗下不止一次的决心，想要积极向美玲妈靠拢。

然而，让我们所有人都没有想到的是，半年前又去她家时，屋里虽然说不上一片狼藉，但昔日的整洁干净已荡然无存，进门处东倒西歪地躺着几双她和美玲的鞋子，沙发上也有好几件换下来的衣服，被子很自然地躺在床上，看起来和早起时并无二致。我们说她变懒了，她说她太累了。

之后她独自去了青海湖，不带美玲爸，也不带美玲。青海湖回来之后，她毫无征兆地换了房子，原因是她想要过和青海人一样的生活。她说，在青海的那些天，她才知道了什么才是她想要的生活，她真想在那里找一处民宅，养几只小羊，当羊儿吃草的时候她可以躺在一旁看湛蓝的天空，心情不好的时候就去湖边，自由自在，没有压力，没有争吵。当然真的去青海并不现实，所以她换了一套在郊区的房子，没有高楼林立，也没有车水马龙。

我很想说："你确定你是喜欢上了青海，而不是因为被辞退想要逃避什么吗？"

其实，美玲妈在我们眼里是个开朗、热情、充满朝气的女人，尽管年近四十，但一直精力充沛、活力四射。但是大约半年前，她这个已经做到了华北市场部总经理的人竟然莫名其妙被辞退，给出的理由是：工作不积极，业绩不突出。从此，她就有些颓废，后来又陆续找过几家单位，但都不如她的意。

我在心里嘀咕了好几次，我想跟她说："不就是一份工作嘛，丢就丢了呗，谁不是一边受伤一边坚强的呀？"

可是，我终于没有说出口。一份工作，对于我来说也许不算什么，但对于已经获得了经济学博士，并为一家公司奋斗了十几年的美玲妈来说,就这样不明不白地被辞退,到底是委屈的,逃避也是可以理解的。

许多人不都是这样吗?遇到了烦闷的事情,总觉得逃离开那个环境就可以心生安然,所有的烦恼就可以烟消云散。可是,当你以为一切都可以眼不见为净时,最初让你烦闷的那些事却正眯缝着眼睛等着你再次撞到它的怀里呢。走开,永远都只能解决一时。世界的确很大,然而多数时候,我们可以出去走走看看,终究还是得乖乖回来。

现在的朋友圈常出现这样的现象,没到节假日,一张接一张的美景就铺天盖地而来:开满鲜花的阳台,幽静清雅的小路,充满文艺气息的白墙,清澈海水中的赤脚,草原上安静的蒙古包……在这些图片的后面,也总是要配上一些文字,大略是"除了辛苦和烦恼还有另一种叫生活的东西",或者"整个人都好起来了",或者"这才是我想要的"。

没错,世界那么大,总有很多美丽的风景,西藏的蓝天、鼓浪屿的秀岩、内蒙古的草原,甚至撒哈拉的沙漠、非洲的草原、爱琴海的波涛,每一样都可以成为最好的生活。而唯独当下,总是让人充满怨气和烦恼。

我也曾经这样,有一段时间,觉得自己没有空间,除了在卧室的电脑旁敲键盘,就是洗衣拖地、柴米油盐。于是任性了一次自己的旅行——也不过独自去了一趟西安而已,三天两晚的行程,自在倒是自在，可终究还是按照计划分秒不差地回到家里，继续三天前的生活。看着孩子写作业，给家里的汪星人铲屎，做先生爱吃的饭菜。下一次旅行时，先生和儿子都义正词严地说不能自己出去玩儿，要一家人在一起。好吧，一起，我们一起去了腾格里沙漠，看黄沙和蓝天，骑安静的骆驼，坐在火车上看夜景，整个行程一起说说笑笑、打打闹闹，负担是有，但快乐也有。于是，我跟自己说：逃离，只能让我暂时平静，因为我没有勇气从我身边的人眼前消失，想要生活变成自己想要的样子，逃离帮不上一丁点的忙。

是我们自己没有给生活和心留下一点点空间，让它被各种东西填满。当生活跟我们开了个玩笑时，我们的心便无处安放，似乎只有逃离才能让我们喘一口气。为了能够多喘一口气，我们就将心包裹得严严实实，再不愿出来。

可是，生活原本就不会一直保持我们想要的样子啊！我们除了坦然面对，哪里还有更好办法呢？有人说："真正的强者，是明知道生活不完美却依然热爱生活的人。"希望这世上无数个我以及美玲妈，有朝一日都能成为这样的人。

亲爱的朋友圈

先不说圈,先来说一个朋友。

朋友与我的交情不深,不过是比较聊得来的孩子幼儿园小朋友的家长。我们常在接送孩子的时候碰面闲聊,也会在周末或是假期带孩子一起玩,或者把孩子送进幼儿园我们就一起去逛街、吃喝玩乐。儿子幼儿园毕业后就变得很少联络,对她的了解都是在网上,比如周末去滑雪了、晚上去k歌了、一个人去喝咖啡了,或者品尝到大龙虾了……如此种种。我总是怀揣着羡慕景仰的心情对其照片大加赞扬,最次也要给一个大拇哥的表情符号。

在她的感召下,我感觉自己实在生活得太乏味了,心有不甘,甚至有些自卑。所以每次出去吃饭,我常常按住儿子和老公的筷子,说:"先别吃,让我拍个照片,得瑟一下。"然后一整顿饭要无数次拿起手机,等待别人的评论和点赞。大家都是同道中人,凡是见了照片的,几乎人人回复,收获了赞扬心情就不一样,饭吃不吃倒不甚要紧。

让我重新对这件事情有另一种想法的仍旧是我刚刚上二年级的儿子。儿子的英语老师常常留一些背诵的作业,孩子们背诵完毕都会争先恐后地发到班级群里，老师也会对孩子们大加鼓励。我也效仿其他家长，希望求得到老师和其他家长的赞扬，但是他不同意。我说："儿子，就让妈妈得瑟一下嘛！"他却说："这有什么好得瑟的，我能背下来不就完了？干吗非要发到群里啊？你怎么知道他们都是背的，不是读的？我问过我同桌，有一回他实在背不下来，他妈妈说'那你就读吧，不然人家都背了就你不会背多不好啊，老师也不高兴啊'……"

我实在有些愕然，我从来不曾想过我的想法竟然不及一个8岁的孩子。我眼睛里看到的是家长的荣耀，而他告诉我的却是一件事情的最真实一面，而且这最真实的一面常常并不是你看到的那样。想想的确可笑，我们思考的不是怎样让自己变得更优秀，而是怎样让自己在别人眼里看起来更优秀；我们所做的不是如何寻找幸福，而是如何让别人觉得自己幸福。

其实，仔细想一想自己在朋友圈点赞时候的心情，除了一刹那间的羡慕似乎也没有其他的东西。到了第二天，昨天朋友圈里的惊涛骇浪、饕餮美食、人间美景早已丢在后脖颈子了。而那些来自于朋友圈的目光，不管是理解的、不解的、羡慕的、鄙夷的，似乎就构成了我们喜怒哀乐的真正来源。这真是一种悲哀！

我想起大学时候的一个同学来。我们虽然不是同班，但关系不错，原因是我和她去食堂吃饭时都经常选择坐在食堂西南边的一个角落里。那里因为距离打饭的地方较远且相对来说靠近洗碗池,所以人少、清净。但是后来我慢慢发现,她不再去那里个角落里,每次只有我还坐在原地,有意无意地张望她有没有来。有好几次,我见她与其他同学一起在坐得满满的饭桌旁找座位,却不肯向这里迈半步。于是,我心生芥蒂。

过了小半年,有一次与她一同参加学校的合唱团,于是又说起话来。我嗔怪她丢下我"另觅新欢"。她说:"冤枉啊……"原来,她不去的原因是偶然在那里见过一只偌大的蟑螂,她最怕虫子,会飞的不会飞的,带腿的不带腿的,有甲壳的没甲壳的,对她来说都只需要一个词——害怕。所以,她再也不敢去那里吃饭。我所看到的她的眼神冷漠、面无表情、背信弃义,不过源于一只蟑螂,而非我。这也得算是某种形式的自作多情吧。

其实,很多时候,别人向我们投过来的眼神,并不包含任何特殊的含义。那些让我们欢喜、忧伤,或是愤怒的感受,不过是我们自己想多了而已。

当然,我也有从不爱发朋友圈的朋友——小叶。小叶喜欢烘焙,常常有大作出炉,让我们大饱口福、叹为观止。每次她带过来自己亲手制作的糕点,都会在第一时间打开包装,将美食送到我们的嘴边。有人问提议应该到朋友圈里秀一下,她却笑说:"不秀,不秀,会影响口感的。"我们不解,她说:"发了朋友圈就一心等着看回复,什么味道也吃不出来,可惜了。再说,你们这些朋友都吃到也看到了,还当面表扬了我,我还秀给谁看?"

"你一发朋友圈,很多没吃到没看到人也会知道你的超级手艺的。"有人又说。

"我的生活为什么要让那些无关紧要的人知道?他们知道了又能怎么样?况且如果有一天,他们有幸品尝到了我的手艺,让我的能耐一点一点渗透进别人的心里,岂不是更好?"叶子说。

我深以为然。

还有人反驳,说把自己的小幸福、小阳光,用简单的文字和图片记录下生活的琐事,带给圈里的朋友不也是一桩好事?我同样以为然。但如果有一天,你发现这件事早已有违了你的初衷,成了你的掣肘,你不过是为了发朋友圈而发朋友圈,为了几个"赞"或是几条评论而需要时时拿起手机来查看,就可惜了大好时光了。

发朋友圈并无对与错,关键是心态,你发你的心情就好,不要为了给自己定位生活的品质,不要为了获得赞赏来寻找存在感就好。

有生之年,时光总是用不完的。用那个时间来读一本好书,做一件自己真正喜欢做的事情,也许比凹一个造型、秀一次定位来得更实惠些。

生活不要太用力

今年五月份体检时，医生警告我说左侧乳房有中度的乳腺增生，右侧稍好属于轻度，一定要保持好心情，不要焦虑急躁，不要过于劳累，不要熬夜等。我之前也偶尔觉得左侧肋骨疼，有时抬胳膊都有些疼痛，不是很严重，但却很难受。

我自己猜想也多半是乳腺增生，毕竟这个毛病在现代女性身上简直就如同感冒一样常见，算不上什么大问题。但若长此以往，增生就会发生进一步的病变，生成可怕的"癌"。人总是要等到与"癌"这个字眼接近的时候才会害怕起来，才会想方设法让自己开心，在"癌"字离自己很远的时候从来不会想着要防微杜渐。

我也一样，回想过去的一年时间，我大致就是在焦虑和疲于奔命中度过的。

先是我的宝贝儿子，他年满六周岁，顺利进入小学。这原本是件开心的事情，然而我的噩梦从此开始。开学第二天，也就是老师和学生们正式开始上课的第一天，我的孩子与同班的同学打了一架，将一位男同学推了个大跟头。放学后，儿子由副班主任暂时看管，我被单独请到家长区，进行家长再教育。

回家的路上以及回到家之后，我和儿子的谈话差不多就都是围绕着打人事件。我先是把之前从电视、育儿书以及家长们那里得来的"育儿经"片段在脑海里过了一遍，用自己认为最合适的方式把打人的利害关系掰开了揉碎了讲给儿子听。然后，又告诉他以后出现类似事情该如何处理。自以为万无一失，但两天后，打人事件再度发生，这次是坐在他前面的小女生，他揪掉了小姑娘一颗纽扣，小姑娘号啕大哭。

我再一次被教育，也再一次教育他。

我想我还是不能把责任推给孩子，想来是我什么地方做得不够好，以至于儿子出现了这样的问题。我在儿子入睡后和先生讨论教子方案，常常至夜里一两点，我们查资料，买来大量育儿书学习，偷偷跑去咨询。然而，事情并没有按照我的预想进行，大概过了又不到一周的时间，儿子再度发飙，攥着两个小拳头，咬牙切齿，像只怪兽一样在班里追打同学。

我决心弄明白事情的始末，当天老师留的所有作业暂停，晚饭没做，我和儿子坐在沙发上，把他搂在我怀里，用了将近三个小时的时间，终于明白了原委。他打人，是因为他生气，他生气是因为有人嘲笑他，有人嘲笑他是因为他的小书柜（班里为每一位小朋友配置了小书柜，在教室后面，用以存放自己的水杯之类）上没有蝴蝶，他的书柜没有蝴蝶是因为开学第一天他跑得慢了，没有抢到有蝴蝶的柜子。

而班里面只有一个柜子上没有蝴蝶，所以，他一直心里难过。只要别人说起蝴蝶，他就生气，别人若是在这时惹了他，他就忍不住发火了。他发火的时候不知道说什么，所以就动手了。

我觉得我错怪孩子了，老师也失职了，至少就柜子上贴蝴蝶的事情来说，老师并没有做好。于是，我自己给儿子剪了一只蝴蝶，让他贴在柜子上。他终于笑了。我又找到老师，将事情的经过讲给老师听，我无意责怪老师，但希望他不要将儿子列为有暴力倾向的孩子。

本以为我从此过上了太平日子？错了，在这之后，他因为坚信老师会像妈妈一样，所以在数学课上他说饿了，老师没有理睬他而整整一节课不听讲——我被约谈；他因为英语老师冤枉了他的朋友，而拿尺子不断敲打桌子影响他人上课——我被留下；他因为换了一位老师，对新来的较为严厉的音乐老师大喊"你烦死了"被老师说不尊师——我被班主任、任课老师联合说教；他又因为同学弄破了他的作业本而不写课堂作业并告知老师他心情不爽——我被短信通知要好好管束孩子……如此种种，几乎从未消停过。我甚至恐惧去校门口接儿子，那一段日子，只要老师的脸是朝向我的，哪怕眼神没有看我，我都心惊肉跳。我总是以最快的速度领上儿子趁老师没有叫住我赶紧溜之大吉，仿佛一只偷了粮食的老鼠，恨不得在一瞬间找到自己的窝藏身进去，哪怕里面再黑也比被人喊"打"好过千百倍。

而那一段时间，脑子也完全没有了灵感，已经一拖再拖的稿子和非常宽容的编辑老师让我无颜面对，我唯一能做的就是尽快完稿。可是，越着急，心情越糟糕，笔下就越不能生花。我的午饭总是草草了事，因为我想到大街上走走，看看周围的人、事、景，希图能寻找一点好的素材。事与愿违，当你带着某种任务去观察这个世界时，它简直枯燥得如同一堆燃过的蜡油，既没有味道又缺乏美感。绕了两圈，回到电脑前仍然焦头烂额。

我觉得我的生活状态简直糟透了，从来不失眠的人也常常半夜醒来，且很难再度入睡，又常常做梦，梦见编辑老师说："没关系，你慢慢写，别着急。"我看着仍旧停在两个月前的稿子，羞愧得不知道说什么。有时梦见儿子一边捣蛋，一边冲我做鬼脸，我想抓住他却追不上。有时，也梦见我对他大吼大叫，他委屈地说："妈妈，你真的成了'围裙妈妈'。"我惊得一身冷汗，"围裙妈妈"是他看动画片时里面的一位妈妈，她有时会用叫嚷来教育孩子，儿子不喜欢。有时，我又梦见自己站在学校的操场上，其他的家长都在旁边各自说说笑笑，只有我低着头拿着检讨书，想要念出来又没有勇气，只能尴尬地看着老师，而老师则一副爱莫能助兼恨铁不成钢的神情。

我就这样在应对学校和焦虑文稿之间疲于奔命地应付着，连招架之功都没有。尽管如此，我依然坚信，只要我再努力些，只要我能够找对方法，无论儿子还是稿子都能如我所愿。但我没想到的是，我的问题既不是不努力也不是方法不够好，而是心态。是我过于焦虑，用力太猛了。我总是希望所有的一切都会在我一觉醒来之后突然变了样——我的孩子只要我说一遍，他就能记住并好好遵守，我希望我的稿子每一篇都如有神助，用词贴切、情感充沛，既能言之有物，又不至于呆板木讷。

然而，我过分的着急注定了我的失望。孩子和稿子如同一对孪生兄弟，一直以来都保持着高度的默契，他们不约而同地向我展示他们的倔强和不服气。不但不会因为我的焦躁而变得对我有丝毫的顺从，反而变本加厉地与我厮打。而我，每次都被打得头破血流、遍体鳞伤。

还好我及时去体检，医生告诉我要把工作和生活都放慢一些，没有什么事情是一蹴而成的。他推荐给我一篇《牵着蜗牛去散步》的小文，其实这篇文章我早就读过，只是那时孩子还小，没有表现出这么多问题来，所以我也并未走心。倒是现在，回过头来再读一遍，才发现其中的精妙。孩子有孩子的成长轨迹，他总是要经历他必须经历的失败和失误，没有家长可以让一个孩子不犯错误地长大。作为母亲，我或许更应该和他一起经历，而不是责备和焦虑。文章也更是如此，当你心乱如麻时如何写就一篇云淡风轻的美文，而当你心里装满了戴望舒的雨巷、三毛的撒哈拉时，又何愁泼不出令人心醉的笔墨呢？

我想我还是得慢慢来，先要多笑一笑，先不要着急，先让孩子自己多去体验，先让电脑休息几天。我只先吃好睡好心情好，静静等待三个月后的复查。还好，复查的结果并没有向坏的方向继续。于是，从儿子上二年级开始,我不再以我的标准来要求他这样或那样,我试着和他一起玩游戏,晚上允许他在我的屋里耍赖留宿,听他那些稀奇古怪的想法……慢慢地,我发现我的孩子不是坏孩子,他只是有很多和别人不一样的想法,仅此而已,我为何要苛责于他?我是母亲,不是班主任,我为什么要以班主任的标准来给他定做事的规则?大约一星期后,我感觉我们的关系已经有所缓和,他愿意跟我讲学校发生的事情,我试着和他一起找方法来解决问题,老师找我的次数也变得越来越少,他开始慢慢得到老师的奖励。

还有我的稿子,当我试着不再心急如焚时,反倒会有一些灵感迸发出来,既然如此,还急什么呢?

这样一来,我感觉生活仿佛又美好起来,一切也渐渐顺遂起来。现在距离第二次三个月的复查还有两周,希望我的乳腺也和我的心情一样不再是气鼓鼓地横冲直撞,毕竟太过用劲儿,是会痛的。

生在今天,挺好的

去年有一阵子特别迷恋看小说,尤其是那些探险寻宝的,仿佛自己也身临其境地经历了惊险,看到了宝藏,惊悚和欣喜交替而来,身心振奋。有时候,小说看到惊险处,作者描述出各种怪异的动物,例如体型巨大的蜘蛛,能喷射黏液的炒锅一样大的青蛙,还有一些叫不上名字奇形怪状的植物,都极富画面感地让我身临其境。许是因为看书着了迷的缘故,有一晚睡觉睡到半梦半醒之间,恍惚感觉自己从另外一个世界走来,很奇怪自己生活在现代,为什么青蛙没有那么大?为什么恐龙早已灭绝?真真有些诡异。

醒来后,仔细想想,这样的感觉也有些意思:一个人不偏不倚,不早不迟就恰恰生在这样的年代里,遇到这样的一群人,听这样的歌曲,跳这样的舞蹈,以这样的事情为骄傲——也真是有点奇怪。

可是,如若不然呢?那就早生一百年或者晚生一百年。

如果按现在是2016年算早生一百年,就正赶上大清帝国,还是末期,那时家里的男人还留着一根粗壮的大辫子在屁股后面甩来甩去,我很替他们发愁,那么长的头发可怎么洗呢?几天洗一次呢?洗得太勤会不会耽误他们养家糊口呢?过于疏懒会不会有头皮屑或是擀毡了呢?

身为女人也就更辛苦了，没有洗衣机，没有热水器，全都要依靠女人的双手，烧水洗衣，光是家务就得让女人在最美的年华里苍老成枯槁。当然，足够幸运的话也可以生成富贵人家的小姐，然后找个门当户对的富裕人家去做少奶奶便罢。可是，少奶奶也不好做。别的不说，总是要裹脚的呀，越是大户人家的闺女越是要将脚裹得小，幼嫩的脚趾就生生扳倒，直到它们再也不能站起来，多疼啊。不仅如此，琴棋书画也要样样精通，女红也要拿得出手，到了婆家才能不被人嫌弃。这样算来，比之今天的生存压力也不小。想着想着，就觉得也没什么趣儿了。

那么，如果再晚一百年呢？或者更晚一些。以我贫瘠的想象力也有些为难，挖空心思在我脑海里转悠的也就是几个外星人，以及家家都有的宇宙飞船，地球待得腻了便去其他星球解解闷儿。比较轻松的是，我们不再需要每天背着书包上学堂了，只需要在大脑里植入一个万能芯片，像教育啊，语言啊，信仰啊，习惯啊等等一系列问题就迎刃而解。人们都可以成为聪明睿智的守法公民，思想觉悟大幅度提高，人们不再打架斗殴，公共场合没有人大声喧哗，也没有人随地吐痰，果皮纸屑烂树叶子一概不会出现在路上，眼前干净得如同白纸。在上班的时候人们铆足了劲努力工作，下班后成为无可挑剔的亲人或爱人。这不是要单调死吗？

想来想去，还是觉得生在今天，挺好的。

别的不说，单单那么多的让我们又哭又笑的事情，就足以让生活丰富起来。比如，在某一天的早晨打开新闻，听说一个小女孩在上学的路上帮一位把自己扮成盲人来考验大家爱心的电视台记者过马路，就好过全世界的人都觉悟高到一窝蜂地帮助记者过马路。甚至，极端一点，也许若干年后，科技发达到再不会有盲人，那么这美好的场景就再也不会出现了。再比如，在某一天的早晨又打开新闻来看，画面出现了一个酒家的男子，洋相百出，被罚款、扣驾照，并关了些日子，我们的心里就会因为他的丑态乐一乐，并因为他被处罚而警醒自己。这就比所有人都遵纪守法，交警闲得发慌要有趣些。

若是和过去相比呢？好处更多了。如果身为男人，只需要对付一个老婆就可以了，不用在三妻四妾之间逶迤周旋，这就省去了不少精力；也不用顶着一脑袋头发在早起摆弄来摆弄去，如果够勤快，每天利用五分钟就可以洗个澡，清清爽爽一整天。女人呢？第一条自然就是翻身农奴把歌唱了，再不用对男人卑躬屈膝，不仅有了说话的权利，就连挣钱、做官的权利也一并拥有了，甚至很多时候男人都不敢再拿自己的女人不当回事了。小孩子少挨了不知多少打骂，因为现代教育不兴那个，我们得从孩子的角度考虑问题了。所以，孩子们也是乐意的。

想来想去，实在想不出早生一二百年或者晚生一二百年比起现在有什么好来。所以，还是老老实实在现代生活着吧，反正我们也穿越不到过去或是未来。尽管活在现代也有许多抱怨，但比较起来终归还是真实些，看得见也摸得着。当然，即便真实，我们也未必能把现代弄清楚（事实上，也弄不清楚），好歹我们可见可想的事情有很多，比如，晚饭要吃什么？羊肉多少钱一斤，配以萝卜会好吃吗？哪家商场打折呢？明天来客人去哪家饭店？菜价几何？冬天到了，孩子的棉鞋怎么选？

  杂七杂八一箩筐鸡零狗碎的事儿，不如人意的时候真真是恼人，不太恼人的时候也真真是妙趣横生。

竟然

带小狗出门遛弯,回来的时候赫然发现楼下的垃圾桶旁多了两盆吊兰。吊兰长得还算茂盛,并不是要死去的样子,花盆是红棕色的塑料制品,但完好无损,最令我惊奇的是在花盆上竟然还有一首明朝人徐渭的诗《兰》:

莫讶春光不属侬,
一香已足压千红。
总令摘向韩娘袖,
不作人间脑麝风。

配上简单的几笔兰花的勾勒画,很有一点韵味。这么好的花,这么好的诗为什么要扔掉呢?我把狗牵回屋里,迅速跑到楼下抱了它们回来,一盆放在我的卧室,一盆放在儿子的卧室,也算是让一家人都沾一沾"兰"的清雅。

然而好景不长,大约在我把它们抱回来之后两三周的光景,儿子卧室的那一盆已经奄奄一息,只剩了最后一片叶子有气无力地耷拉着。我舍不得扔，不仅因为捡回来的时候是一对儿，也不想在它尚有气息的时候就弃它于不顾。于是，浇水施肥，"朝朝频顾惜，夜夜不能忘"，一周后，最后的那一片叶子也不再留恋，悄然凋落了，花盆里除了土便干干净净。

我说"扔掉吧"，儿子不肯，说"再等等"。他将没有了兰花的花盆搬到阳台的柜子上，期待阳光能够让花重新发芽。儿子也并不怎么浇水，只偶尔趴在柜子上看一看，然后安静地回来，做他的事情。我连一次水也不曾给它浇，因为我断定这花已经无可救药了。

大约两三周的时间，儿子突然大喊："妈妈，吊兰活了，你看它长出小芽来了！"我跑过去看——果真。就在兰花叶子一片一片枯萎下去的地方，又重新长出来一颗嫩绿的小芽，不过两三毫米，虽然短小，但终究证明它还活着，它早晚还能够长出一盆茂盛的吊兰来——我们惊喜万分——哪里想到一盆毫无体征的花草竟然又倔强地活了起来！

我想起小时候在村南边的戏台上看戏的场景。那时的戏台不过是粗粗的短木桩树立起来，支撑着另外一些横躺着的木板而已。逢年过节，村里总会安排几出耳熟能详的戏目来烘托一下气氛。唱腔是家乡特有的评剧，我们通常叫它落（lào）子。第一次和妈妈去看戏大约是四五岁的时候，青衣花旦们在踩着锣鼓点粉墨登场，新鲜极了，仿佛看到天女下凡一般。我并不太懂她们哼哼唧唧地唱些什么，只是好奇这样一群仙女究竟是哪里来的。后来，散了场，一路上听大人们说"玉莲唱得真好""老王家的二闺女竟然也会唱"……听着，听着，就听出了一些门道——这些人竟然都是和我住在同一个村子的人！她们除了能够纺线耕田、养蚕喂猪，竟然还可以扮成仙女！简直神奇得要命！

　　青春的时候，常觉得人生迷茫，天空灰淡，可那时的岁月也有很多意想不到的惊喜。大学二年级时，全校统考计算机二级，满分100，最后一道题40分，可是我一笔没写，因为压根没看懂，当我刚觉得有些眉目，想要随便写上点什么，希望判卷的老师给个辛苦分时，交卷的哨声响起。同学们都在讨论哪道题对哪道题错，有没有希望过关，我却不想参与了——我是铁定不及格了，一道40分的题只字未写，还能指望前边的60分一分不减么？但我灰暗了一段时日，在某一天的下午，学校贴出考试结果，同宿舍姐妹儿兴奋地跑回来，说："咱班就×××和×××没考过，其余全过关了！"

　　×××和×××！竟然没有我的名字！我竟然过关了！前边的60分竟然全都答对了！呜呼！天可怜见！

　　一生的操练里，总是有很多意外的收获，我们一次次喊着"哇，竟然……"惊喜的眼光里都要渗出泪花来。可是，我们没有意外的悲伤和恼怒吗？也是有的啊！

　　夏末种下的白菜和萝卜，经过两个星期的漫长等待，它们竟然没有一颗发出芽来,我仔仔细细查看:不是我种得太浅或太深,也不是垄上的土不够细,而是一群素昧平生的鸟儿在某个我不知道的日子里将我撒下去的种子悉数刨了出来,饱了它们的肚。我只得补种,可是整整晚了两周,萝卜白菜虽然出了苗,但不及往年壮硕,一直到收白菜的时节,都没有一颗像模像样的大白菜;萝卜更加不堪,长势最为喜人的那一个,大概有小婴儿的胳膊粗。我一冬天的菜竟然就这样糟蹋在了那几只不曾谋面的鸟儿的利爪之下。我能不气愤吗?

以前租房子住的时候,隔壁屋的男女闹别扭,女的拿烟灰缸砸她的男朋友,砸人未遂,却砸烂了我的玻璃。房东在遥远的海南打电话说要他们帮我换新的,可是他们从此陌路,女的搬走了,男的竟然说"又不是我砸的,谁砸的找谁"。你都找不到她?我去哪找呢?寒冬腊月,我只得自己垫付了事。

可是,有什么办法呢?再善良的人也会遇到不开心的事,再不堪的岁月也会飘过一丝祥云。岁月还那么长,不要在心里老是抱怨"我竟然这么倒霉",因为下一刻你也许就会尖叫"哇,我竟然这么好命!"

时光且长

母亲第一次住在我的小家差不多三个多月,那时我已经结婚三年,有些妻子该做的事情,比如做饭、缝缝补补,或是做些家里的清洁工作已经有模有样。但母亲到了我这里之后,我就又渺小得不成样子了。

母亲看我熬粥时加很多很多水,然后便放在炉子上,开大火,等待开锅之后转成小火大约十五分钟就关火,掀开盖子时,一锅粥一粒米追着一粒米跑,便很是奇怪地问:"你们两个就是这么做饭的吗?"

"是啊,"我有些心虚,"我就是这么煮的。"

我想了一下小时候吃的母亲煮的粥,问她:"要不然该怎么煮?"

第二天晚上,母亲就亲自示范给我看怎么煮粥。加的米不多,与我加的米相仿,但水少了很多,然后又加了一点点事先早就泡好的绿豆。她还放了一点点的碱面儿,接着放在火上熬煮,水开的时候,也变成小火咕嘟着,时间很长,在我的感觉中三锅粥都能煮熟了。不过,当母亲掀开锅盖的时候,一股浓浓的米香瞬间将整间厨房都挤满了——啊,母亲煮的粥还真不一样。

看着我欣喜的模样，母亲说："你不知道，粥啊，就是越熬越好吃。"

我买来棉花，准备亲手给即将出生的宝宝做一床小棉被，这不仅为了安全，更是我即将要为人母的一份心意，我希望通过我的努力，让那个小生命更加健康和快乐地成长。我精心挑选与布料一样颜色的线，眼里几乎是含着泪花在一针一线地缝制。

可是，母亲坐在我旁边，说："你怎么这样缝啊？"

"嗯，"我看着母亲，"怎么？不对吗？"

"这样不行啊，"母亲从我手里拿过针线，一针一针地缝，"你看啊，这针脚不能那么大，小孩子刚生出来手指细得很，万一他的手指头钻了进去，你又一时看不到要出危险的……"

"还有啊，缝完之后，一定要用手多摸一摸，以防不小心将针落在被子里。"

"还有，你若是用来给他当被子盖，还得在两个角上加两条带子，把小被子固定在小床的两侧，这样被子就不会蒙住孩子的嘴了。你不知道，刚生出来的小孩子也不老实，很有力气呢！"

那一段日子，我仿佛又回到了孩提时代，懵懵懂懂地想要做很多事，却每一件事都做不利索，确切地说，只要母亲在身边，就是连煮个鸡蛋我都有些心虚了。

这些年，母亲的身体不似从前，每年在我这儿只小住不过一个月的时间,她对于我做各种事情的看法也发生了很多的变化,比如当我给孩子做鸡蛋面时,母亲不再说面条要煮多长时间,鸡蛋是打散了好还是做成荷包蛋好。甚至,我把粥煮得很稀时,她也只是说:"就当喝水了,老年人要多喝水,可是我又不爱喝,这米汤比白水好喝多了。"

有时我会很奇怪,为什么母亲不再嫌我不中用,她的回答巧妙得很——因为我也当妈了。当了妈之后,就得什么都会做,就得学着教自己的孩子做这做那。

母亲说的对呢,我时常对着自己的小孩说:

"这个字里面是两横,不是三横哦。"

"三七二十一啊,你们……还没学吗?"

"穿秋裤的时候要把里面的小短裤弄舒展,不然会难受的。"

他也习惯什么事情都来找我——

"妈妈,我的袜子呢?"

"妈妈,拖鞋怎么就剩下一只了?"

"妈妈,这道题我看不懂唉……"

"妈妈,你来教我吧,我真的不会。"

不过,从他上了二年级,这样的情况开始少了些,他可以自己背着琴去小区门口的兴趣班找老师上课,可以拿着钱到附近的超市帮我买东西,能够骑上24的大自行车在小区里狂跑。他还常说一些很像家长一样的话,比如,"妈妈,你怎么听不懂呢,你小时候不知道?"

或者他也会说"你没看过吗"。甚至有一次，他跟我说："妈妈，你不能这样跟我讲话，不然我会变得像你一样脾气暴躁，你必须得改一改，知道吗？"

有些时候我会觉得好笑，有些时候又很感慨，感慨这时光真是快，一转眼的工夫，我从什么也做不好的女儿变成了万能的妈妈，紧接着又要变成了什么也做不好的老人。可是，在这时光的轮回里，又有那么多的欢快和欣喜。我想，我不该惆怅，反倒应该庆幸——不管怎么说，时光且长，我还可以慢慢体会这个一点一点变得不再强大的过程，同时，仔细看着一个孩子一点一点长大的脚印。

只要有时光还在，哪怕变老，哪怕失去，又何尝不是一种幸福的体悟呢？